KB138923

DREAMBOOKS

DREAMBOOKS★

무위쟁록

가우리 신무협 장편소설

ORIENTAL FANTASYSTORY & ADVENTURE

12

무위투쟁록 12 (완결)

초판 1쇄 인쇄 / 2014년 11월 17일
초판 1쇄 발행 / 2014년 11월 24일

지은이 / 가우리

발행인 / 오영배
책임편집 / 편집부
펴낸 곳 / (주)삼양출판사 · 드림북스

주소 / 서울특별시 강북구 솔샘로67길 92
대표 전화 / 02-980-2112 팩스 / 02-983-0660
편집부 전화 / 02-980-2116 팩스 / 02-983-8201
블로그 / blog.naver.com/dreambookss

등록번호 / 제9-00046호
등록일자 / 1999년 3월 11일

값 8,000원

ISBN 979-11-313-0120-3 (04810) / 978-89-542-5107-5 (세트)

* 지은이와 협의하에 인지는 생략합니다.
* 잘못된 책은 구입한 곳에서 바꾸어 드립니다.

이 도서의 국립중앙도서관 출판시도서목록(CIP)은 서지정보유통지원시스템홈페이지(http://seoji.nl.go.kr)와 국가자료공동목록시스템(http://www.nl.go.kr/kolisnet)에서 이용하실 수 있습니다. **(CIP제어번호: 2014032921)**

가우리 신무협 장편소설
ORIENTAL FANTASYSTORY & ADVENTURE
12
dream books
드림북스

목차

第一章

전장에서 살아남는 법

콰직!

"아아악!"

싸구려 장검이 어깨에 와 박히자 정도맹 무인이 비명을 질렀다.

"죽여!"

비명을 지르는 무인의 옆구리에 틈이라도 찾았다는 듯 또 다른 검이 날아와 박혔다. 하지만 그 검을 박아 넣은 전마성 무인 역시 무기를 채 뽑기도 전에 날아든 검에 온몸이 난도질당했다.

"처참하네."

악다구니 속에서 백경숙이 미간을 찌푸리며 중얼거렸다.

적아가 뒤엉켜 칼을 휘두르는 모습은 그동안 그녀가 봐왔던 광경과 너무도 달랐다. 서로의 무위를 뽐내며 겨루는 그런 당당한 모습이 아니었다.

무작위로 칼을 휘두르고 누군가 비틀거리면 먹잇감을 찾은 승냥이처럼 달려들어 앞다투며 난도질을 해 대었다.

그 와중에 몇몇은 죽인 적의 품을 뒤지기도 했다. 심지어 죽은 자의 칼이 좋아 보이면 그 자리에서 무기를 바꾸는 이들도 허다했다.

"전마성 쪽도 대충 이쪽이 내놓는 병력을 알아차린 듯합니다."

"그래. 그런 것 같아."

능천의 대꾸에 백경숙이 고개를 끄덕였다.

정도맹 쪽에서 간을 보기 위해 어중이떠중이를 모아 등을 떠밀었지만, 전마성도 바보는 아닌 듯 마찬가지로 여기저기에서 끌어모은 낭인들을 밀어 넣은 모양이었다.

그게 아니라면 무인들 간의 전쟁에서 이런 난장판이 벌어질 리가 없었다.

"그런 것 같아?"

그때 장무위가 퉁명스러운 표정으로 말을 걸며 다가왔다. 그의 몸은 벌써부터 피로 점철되어 있었다.

하지만 그의 표정에서는 어떠한 흥분도 느낄 수 없었다. 착 가라앉은 게 이런 일은 이미 익숙하다는 모습을 보이고 있었다.

물론 익숙할 수밖에 없는 그였지만 말이다.

백경숙은 의아한 시선으로 장무위를 바라보았다.

"봐, 얼핏 그런 것 같지만 몇 놈들은 달라."

장무위가 시선을 던지자 백경숙과 능천이 그를 따라 눈길을 돌렸다.

과연 눈에 띄는 움직임을 보이는 이들이 몇 명 있었다.

악다구니를 쓰는 것은 다른 이들과 같았다.

그런데 그런 행동과는 달리 눈빛이 지나치게 침착했다. 그리고 최선을 다하는 것 같이 보이지만, 그러는 와중에도 그들의 눈은 주변을 열심히 훑고 있었다.

"진짜를 숨겨 놓은 것 같아. 만약 이걸 모르고 어설피 움직이면 크게 당할걸?"

장무위의 말에 백경숙의 얼굴이 살짝 굳어졌다.

그의 말대로라면 정도맹이 위험할 수 있다는 의미였다.

지금까지는 이런 일이 없었는데 말이다.

신뇌 제갈장천, 그가 있다면 이런 얄팍한 수에 넘어가지는 않았을 것이다. 문제는 지금 그가 없다는 것.

백경숙의 생각을 읽은 능천이 장난스러운 표정을 지으며

말문을 열었다.

"그래도 설마 정도맹이 바보들만 있는 것도 아니고……."

와아아아아!

그때 사방을 뒤흔드는 함성이 터져 나왔다. 말을 채 끝내지 못한 능천이 휙 하니 고개를 돌렸다.

정도맹 측 무인들이 쏟아져 나오고 있었다.

멍한 표정을 짓고 있는 능천의 귓가로 장무위의 목소리가 흘러들어갔다.

"바보들만 있는갑네."

"이건 뭐, 낚싯줄만 드리웠을 뿐인데 덥석 무니……."

전장을 살피고 있던 전마성 장로 자전도마 구지겸이 어이없다는 표정을 지었다.

"신뢰가 있고 없고의 차이가 크긴 하군."

원로원에서 나온 구지혈마 적청이 피식 웃음을 흘렸다.

"그러게 말입니다."

"이제 슬슬 놈들이 열을 받겠군."

"그러게 말입니다."

적청의 말에 구지겸이 맞장구를 쳤다.

정도맹 본진의 무사들이 전장에 합류했지만, 여전히 전

마성 병력은 밀리지 않고 있었다. 아니, 이제는 오히려 정도맹의 본진 무사들이 눈 녹듯 조금씩 무너지기 시작했다.

"이, 이건 좀……."

전장을 살피던 남궁가의 장로 남궁위가 얼굴을 굳혔다.

분명 적들도 어중이떠중이를 밀어 넣은 것으로 보여, 이럴 때에는 차라리 힘으로 밀어붙이고 선수를 치는 게 좋겠다는 판단에 정도맹 본단의 무인들을 투입했다.

그런데 시간이 지나도 밀어붙이기는커녕 투입된 무인들이 쓰러지는 숫자가 점점 늘어났다.

"아, 아무래도 적들 사이에 고수들이 뒤섞인 모양입니다!"

"크윽!"

남궁가에서 데려온 군사 중 하나가 당황한 표정을 지었다. 남궁위 역시 그것이 아니라면 설명이 되지 않는다는 생각에 이를 악물었다.

처음부터 드러난 것이 아니었다.

처음에야 정도맹 본단 무사들이 압도적으로 전장을 정리해 나갔다. 그런데 어느 순간부터인지 쓰러지는 무인의 숫자가 하나둘씩 늘어났다.

즉, 강한 적인 줄 모르고 공격해 들어갔다가 적들 사이에서 기습을 당하는 상황이 되어 버린 것이다.

"안 되겠네. 청우단과 현천단을 투입하게!"

"벌써 말입니까!"

"지금이라도 밀어 넣고 반전을 꾀하는 게 낫겠어. 이대로는 이도 저도 아니게 되네! 어서!"

"아, 알겠습니다!"

잠시 후 정도맹 진영에서 두 무리의 무인들이 전장을 향해 몸을 날렸다.

"역시……."

백경숙이 전장을 살피며 혀를 찼다.

장무위의 예상대로 상황이 돌아가기 시작한 것이다. 기세 좋게 들이닥쳤던 정도맹 본단의 무사들이 전마성의 무인들에게 하나둘씩 사냥당하고 있었다.

마치 전장에서 살수들이 움직이는 것과 같았다.

쭉정이 속에 진짜배기들이 숨어 있는 상황인 것이다.

"이걸 어떻게 알았습니까?"

능천이 얼떨떨한 표정으로 장무위에게 질문을 던졌다. 그가 아는 장무위는 그다지 머리를 잘 쓰는 쪽이 아니었기 때문이다.

백경숙 역시 장무위를 신기하다는 표정으로 바라보았다.

그들의 시선을 받은 장무위가 피식 웃으며 대답했다.

"전장에서 살아남기 위해 제일 중요한 게 뭔지 알아?"

"그야……."

장무위의 질문에 능천이 눈알을 굴리다가 조심스럽게 대답했다.

"실력 아니겠습니까?"

"눈치다."

"예?"

"눈치라고."

장무위의 대답에 능천이 얼떨떨한 표정을 지었다. 그런 능천에게 장무위가 말을 이어 나갔다.

"질 싸움인지 이길 싸움인지 살피는 눈치가 최고다. 물론 눈먼 칼에 뒤지지 않을 정도의 실력은 필요하지. 근데 실력도 너무 뛰어나면 뒤지기 십상이야. 튀는 놈은 빨리 죽는다고."

"그, 그건 그렇지만."

"질 싸움인지 아닌지는 딱 보면 감이 와. 물론 내가 작전을 짜고 그러는 건 아니지만, 이 바닥에서 오래 굴러먹은 병사들은 대부분 그런 눈치가 빠르다고 보면 된다."

"그러면 그런 병사들을 중용하면 대단하겠는걸요?"

장무위의 설명에 능천이 좋은 생각이 났다는 듯 말을 뱉었다. 하지만 장무위는 그를 보며 혀를 찼다.

"눈치를 뭐로 설명하고?"

"그, 그야……."

"그걸 말로 설명할 정도면 병졸이나 하고 있겠어? 진즉에 군사 같은 걸 하지."

"하지만 지금 어르신께선 딱 설명하셨잖습니까."

능천의 말에 장무위가 피식 웃으며 말했다.

"내 말을 누가 믿고?"

"아……."

"먹물깨나 든 놈이 하는 말이랑 전장에서 구르던 놈이 딱 감으로 느껴서 하는 말이랑, 누구 말을 들을 건데."

"……."

장무위의 말에 능천은 더 이상 대답을 하지 못했다. 그런 능천을 보며 장무위가 다시 말을 이어 나갔다.

"그리고 병사들에게 중요한 건 전쟁이 아냐. 전투지."

"그건 또 무슨 말입니까?"

능천의 질문에 장무위가 피식 웃으며 대답했다.

"장수들이나 대가리들은 전쟁만 이기면 되기에 한두 개의 전투는 버려도 된다. 어느 한두 부대가 싹 뒤져 버려도 전체적으로 승리를 거두면 되니까."

"아!"

"반면 우리 같은 놈들은 전쟁에 이기는 게 중요한 게 아니야. 전쟁에 이겨도 내가 죽으면 땡이니까. 위에서 숫자놀음 하는 놈들과 직접 칼 들고 뛰어다녀야 하는 놈들 입장이 다른 거란 말이다."

장무위의 신랄한 말에 능천과 백경숙 등은 고개를 끄덕일 수밖에 없었다.

전투에 이기는 게 전쟁에서 이기는 것이 아니라는 말이 있듯이, 병사들 입장에서는 전쟁에서 이기는 게 최선이 아니라는 것이다.

"자, 슬슬 움직이자고. 너무 놀았어."

장무위가 무기를 고쳐 쥐며 시선을 돌리자 서늘한 시선들이 느껴졌다.

전마성의 무인들이 그들을 주목하기 시작한 것이다. 다들 죽이고 죽어 나가고 있는 판에 그들만 너무도 평온해 보였기 때문이다.

"어디서 버러지 같은 놈들이."

그 조잡한 살기를 느낀 능천이 안광을 뿜어내며 으르렁거렸다. 백경숙 역시 다가오는 전마성 무인들을 코웃음 치며 바라보았다.

그런 그들의 앞에는 한 팔로 연신 적을 베어 넘기는 막우가 있었다.

장무위가 먼저 달려 나가며 외쳤다.

"그만 쉬고 놀아 보자!"

장무위와 전마성 무인들이 어우러지기 시작했다.

서걱! 석!

장무위가 휘두르는 검이 움직일 때마다 피가 튀었다.

"아악!"

비명이 터져 나오기도 했지만, 검상을 입고도 이를 악물고 달려드는 적들도 있었다.

백경숙과 능천 역시 연신 검을 휘둘렀다. 그들이 아무리 정체를 숨기기 위해 북천궁의 무공을 펼치지 않더라도 이런 수준의 무인들에게 당할 이유가 없었다.

막우 역시 발군이었다.

마치 살귀라도 된 듯 사방으로 검을 휘두르며 적들을 베어 넘기고 있었다.

그 옆으로 장무위가 막우의 검을 맞고 비틀거리는 놈들에게 슬쩍슬쩍 검을 박아 넣고 있었다. 누가 보면 얄미울 정도였다.

"그런데 언제까지 이럴 겁니까."

적들을 베어 넘기던 능천이 약간은 따분한 표정으로 질문을 던졌다. 복수하러 왔다는 장무위나 막우의 목표가 이런 널리고 널린 하급 무인들일 턱이 없었다.

그때였다.

"와아아아!"

정도맹에서 보낸 고수들이 끼어들었다. 그러자 상황이 순식간에 변했다. 군데군데 숨어 있던 전마성 무인들이 아무리 실력이 좋다고 해도 이류 남짓이었다.

끽해야 간간이 일류급의 무인들이 조금 섞여 있을 뿐.

당연히 밀릴 수밖에 없었다. 주변을 열심히 살피던 장무위가 갑자기 비명을 질렀다.

"크아악!"

"어, 어르신?"

"자, 장주님!"

장무위가 피 칠을 한 채 핑그르르 돌더니 땅바닥에 엎어졌다. 동시에 전음이 그들의 머릿속으로 전달되었다.

[다들 뒤진 척해! 어서!]

"……."

혀까지 빼어 문 장무위가 전음을 날리는 모습을 보며 이들은 혼란에 빠져들었다.

전장의 상황은 급박하게 돌아갔다.

청우단과 현천단, 정도맹의 두 개 단이 전장으로 들이닥치는 순간 전마성의 병력이 쓸려버렸다. 하지만 환호성을 터트릴 수 있는 상황이 이어지지는 않았다.

전마성 역시 아껴 왔던 병력을 투입하기 시작한 것이다.

여태까지 밀리면서도 온존해 왔던 병력이 한 번에 투입되는 바람에 정도맹이 투입한 두 개 단은 별다른 힘을 쓰지 못하고 몰살당했다.

뼈아픈 손해였다. 하지만 그런 상황에서 정도맹은 초강수를 두었다.

오히려 고수들을 투입해 버린 것이다.

여기서 밀리면 진다고 생각을 한 것인지 힘으로 승부를 보려고 들었다.

마찬가지로 전마성도 고수들을 투입했다.

지금까지의 싸움과 달리 이번에는 두 진영이 팽팽했다. 하지만 시간이 지나면서 이내 전마성이 조금씩 밀리기 시작했다.

마치 마지막 힘을 모두 쏟아부은 것처럼 말이다.

하지만 그냥 밀리지는 않았다.

무너지기 직전 전마성 원로원 소속 고수들이 가세를 하면서 다시 균형을 맞추었다.

결국 승부는 무승부가 되었다.

손실로 따지면 정도맹이 조금 더 있는 편이었다.

두 개의 정예단이 완전히 무너졌고, 뒤이어 투입되었던

고수들도 전마성 원로들의 개입으로 상당한 손실이 있었다.

하지만, 그럼에도 분위기는 나쁘지 않았다.

"놈들이 드디어 최후의 발악을 하는구려."

"그럼 그렇지, 제 놈들이."

정도맹의 인사들이 저마다 한마디씩 하며 분위기를 북돋았다. 이제는 슬슬 정마대전이 마무리될 때라고 말하는 명숙들도 있을 정도였다.

"적 원로원까지 나왔다면 이제 다 나온 거지."

"지난 정마 대전 때에도 원로원들은 끝까지 나타나지 않았다면서?"

"일부 나오기는 했지만, 이번처럼 대대적으로 나온 적은 없었지. 게다가 그때는 겨우 부상자만 수습해서 돌아갔다잖은가."

"하긴."

정도맹 무인들 역시 이런 분위기에 편승해 들떠 있었다.

정도맹이 밀고 올라온 이후 처음으로 승부가 갈리지 않았다는 점은 그다지 신경 쓰지 않는 듯했다. 중요한 것은 그게 아니라는 생각들이었다.

실제로 이곳까지 뚫게 되면 전마성의 지지기반이라고 볼 수 있는 주요 지역은 모두 무너지게 된다.

물론 정도맹이 쾌속 진격을 한 덕에 후방 곳곳에 아직 전마성 세력이 남아 있었지만, 머리만 쳐 내고 나면 나머지는 금방 마무리가 될 것이라 믿는 이들이 많았다.

반대로 제갈장천은 이 소식을 듣고 곤혹스러운 표정을 지었다.

"이상하지 않습니까?"

제갈유의 말에 제갈장천이 미간을 잔뜩 찌푸린 채로 중얼거렸다.

"처음의 그 치밀했던 승부수와는 달리 너무 허무하게 무너지는군. 물론 아무리 한 번의 대패가 있었다 해도 말이지."

"하지만 황제의 의중 때문에 서로 서두를 수밖에 없는 상황이 아닌가 하는 말들이 오가고 있는 실정입니다."

"으음."

산적에 관한 일 이후에 전방위적으로 압박이 들어왔다. 물론 겉으로는 산적 토벌에 관련된 일이지만 양민들의 희생이 점점 커지고 있다는 내용이 오가고 있었다.

관과 무림의 불가침은 어디까지나 서로를 침범하지 않겠다는 일종의 배려일 뿐, 아예 모른 척하겠다는 의미는 아니었다.

이번도 마찬가지였다.

백성은 제국의 구성원이다. 그런 구성원에게 피해가 간다면 황제도 가만히 있지 않겠다는 의중을 보인 것이었다.

그 때문에 제갈장천의 신중론은 정도맹 내에서 힘을 잃고 있었다. 마찬가지로 그때부터 전마성의 행동이 달라졌다.

마치 쫓기는 것처럼 행동하기 시작한 것이었다.

이로써 예상할 수 있었다. 전마성 역시 황제의 압박을 받는 것은 마찬가지라고.

그 때문인지 전마성은 중요한 전투에서 몇 가지 실수를 범했다. 물론 그 실수는 정도맹 측의 승리로 되돌아왔고 말이다.

"하지만 이번에는 저들도 생각이 있는지 걸왕 어르신과 소요검선 어르신께도 지원 요청을 했습니다. 물론……."

제갈유가 잠시 말을 흐리더니 서류 하나를 내밀었다.

"총군사께도 말입니다."

"그런가."

"아무래도 원로원이 나왔다면 전마성의 전력은 몇 안 되는 장로들과 전마성주뿐이니까요."

말은 전마성주뿐이라고는 했지만, 그가 얼마나 강력한 힘을 가졌는지는 다들 잘 알고 있었다.

"소림은?"

"소림까지는……."

고개를 젓는 모습에 제갈장천이 미간을 찌푸렸다. 부르지 않았다는 의미였다.

물론 소림도 적극적이지는 않았다.

처음에야 전마성의 일격에 소림뿐 아니라 모두가 부랴부랴 준비를 했으나, 세가 연합을 중심으로 한 정도맹의 반격이 성공을 이어 갔기 때문이었다.

물론 그렇다 해도 정도맹의 주력은 여전히 구파일방이었다.

모든 전력을 뽑아내지 않았을 뿐이다.

"만에 하나 잘못되면……."

제갈장천은 여전히 걱정되는지 한숨을 내쉬었다.

만약 일이 잘못되면 정도맹은 정말 쭉정이만 남는다. 물론 세가 연합의 견제로 인해 걸왕과 소요검선을 제외한 초절정 고수들은 남아 있었지만, 그들만으로 전쟁을 이어갈 수는 없었다.

전방위적으로 쳐들어오면 각자의 문파를 지키기에도 모자랄 수밖에 없었다.

"전방 상황을 아예 모르지는 않지 않겠습니까?"

"그래. 그렇겠지."

제갈장천은 못내 못 미더웠지만, 고개를 끄덕일 수밖에

없었다.

어찌 되었든 지금 정도맹은 승승장구를 하고 있으니 말이다.

* * *

"으으윽!"

"끄응."

"내, 내 팔이……."

사방에서 끙끙거리는 소리가 들려왔다.

상처가 가벼운 자도 있었고, 중한 자도 있었다. 하지만 모두 가벼운 치료만 받고 방치되어 있었다.

그런 분위기에서 온몸에 피 칠을 하고 있는 이들이 있었다.

"왜들 그리 죽상이야. 밥 안 먹어?"

"밥이 넘어갑니까?"

"여기가 밥은 더 잘 주는구만."

장무위가 별 이상한 인간들 다 본다는 표정으로 힐끔거리더니 열심히 음식을 먹었다. 그 모습을 보며 백경숙과 능천이 어이없다는 표정을 지었다.

곁에서는 막우가 어색한 표정을 지으며 음식을 조금씩

떠먹었다.

피 냄새가 진동하는 가운데 열심히 음식을 먹는 건 사실 별문제가 아니었다.

중요한 점은 이곳이 정도맹의 막사가 아니라는 것이었다.

이들이 있는 곳은 바로 전마성의 막사였다.

죽은 체를 하기가 무섭게 장무위는 죽어 나자빠진 전마성 마졸들의 옷을 조금씩 벗겨 챙겼다.

물론 곧바로 갈아입거나 하지는 않았다.

하지만 마찬가지로 다른 일행들에게도 지시를 내려 같은 행동을 하게 만들었다.

그리고 마지막 순간, 그들은 전투가 끝날 때 즈음 전마성 마졸의 옷으로 갈아입고 비틀거리며 물러났다.

물론 전마성 쪽으로.

그 이후의 상황이 바로 지금과 같았다.

음식을 닥닥 긁어먹은 장무위가 배를 두드리며 중얼거렸다.

"역시 전쟁은 보급이 중요해. 봐! 고기도 있잖아!"

장무위가 히죽 웃으며 말을 내뱉자 백경숙과 능천이 어이없다는 표정으로 그를 바라보았다.

"아 참, 거 시끄럽네!"

그때 한 거한이 인상을 쓰며 버럭 소리를 질렀다. 그 순간이었다.

퍼억! 챙그랑!

"컥!"

거한의 머리통으로 장무위가 들고 있던 그릇이 날아가 부딪혔다.

당연히 막사발은 박살이 났고 거한의 머리통도 깨졌다. 하지만 일은 거기서 끝나지 않았다.

"이런 씨부랄 놈!"

장무위가 몸을 붕 띄우더니 그대로 거한을 밟기 시작했다.

그렇게 한참을 즈려밟았다.

간간이 살려 달라는 말도 들렸고, 일행인지 끼어들려는 이들도 있었지만 결과는 달라지지 않았다.

결국 장무위가 손을 털 때에는 총 세 명의 넝마가 그의 발밑에 놓여 있었다.

"카악, 퉤! 불만 있는 놈 있어?"

서늘해진 공간을 살피며 묻자 모두가 머리를 저었다. 지독하게 손을 쓴 모습에 기가 질린 것이다.

"씨파, 알아서들 기어라."

"알았소."

"조, 조심하겠소."

다들 그의 눈치를 보았다. 하지만 능천이나 백경숙은 경악에 찬 얼굴로 장무위에게 전음을 보냈다.

[여, 여기가 어디라고 깽판을 쳐요!]

[이, 이건 아니라고 봅니다!]

하지만 장무위는 별것 아니라는 듯 거한이 있던 침상을 차지하고 그 위에 떡 드러누우며 전음을 보냈다.

[뭐가 아닌데.]

능천이 전음으로 답했다.

[걸리시면 어쩌려고 그럽니까!]

[이래야 안 걸려.]

[예?]

[어차피 지금처럼 반 이상 죽어 나가면 부대를 다시 짜야 해. 칼받이로 끌려온 놈들이 서로 알아봐야 얼마나 알아? 차라리 이럴 때 적당히 힘 좀 쓰고 원래 있던 것처럼 구는 게 더 안 걸려.]

능천은 장무위의 말에 당최 이해가 안 간다는 표정을 지었다. 하지만 한편으로는 왠지 일리가 있다는 생각도 들었다.

장무위의 대답이 이어졌다.

[이렇게 본보기로 좀 조져 놓으면 어떤 놈이라도 꼬치꼬

치 안 묻는다고. 그리고 이렇게 한데 몰아넣은 상황이라면 대충 이대로 부대가 재편된 거라고 보면 된다.]

[그, 그런 겁니까?]

[그게 아니라면 처음부터 소속 부대를 구분해서 모이게 했겠지. 봐, 우리가 올 때 그런 거 있었어?]

장무위의 말을 듣고 보니 그런 건 없었다.

그저 패잔병처럼 몰려온 병력을 대충 머릿수에 맞춰 무작위로 막사에 넣을 뿐이었다.

능천과 백경숙에게서 아무런 대답이 없자 장무위는 눈을 감으며 한마디 했다.

[그러니 푹 쉬어라. 그게 남는 거야.]

그 전음을 끝으로 이내 장무위는 코를 골기 시작했다. 이제부터 장무위는 병급 무사 장무위가 아닌 전마성 마졸 장무위가 된 것이다.

*　　*　　*

개방의 거지 하나가 열심히 발을 놀렸다.

꽤 오랫동안 달린 모양인지 온몸이 먼지투성이였고, 땀이 흐르다 못해 먼지와 어우러져 떡까지 졌다.

그럼에도 뭐가 그리 급한지 경공을 늦추지 않았다. 그렇게 달리던 거지 앞을 누군가가 막아섰다.

"멈추시오!"

"허억! 헉!"

정도맹의 순찰대원들이었다.

"개, 개방이오!"

굳이 개방이라 하지 않아도 그는 누가 봐도 거지 꼬락서니였다. 하지만 이곳은 전장인지라 그에 대한 검문은 필수였다.

"일단……."

무인 중 하나가 말을 하려던 순간 거지가 허리춤에서 뭔가를 꺼내 내밀었다.

"추뢰대의 쌍개요!"

개방 내 긴급을 요하는 정보를 전달하는 임무를 맡는 곳이 바로 추뢰대였다. 비단 개방뿐 아니라 정도맹의 정보를 전달하는 임무까지 맡기도 한다.

지금 쌍개라는 거지가 꺼낸 것은 추뢰대의 표식이었다.

그것을 본 두 순찰대원의 얼굴이 순식간에 일그러졌다.

"우욱!"

"읍!"

"빌어먹을! 냄새를 맡지 말고 표식을 봐라, 인간들아!"

두 순찰대원의 얼굴이 일그러진 것은 표식에서 전달되어

오는 꾸리꾸리하고 오래 묵은 형용할 수 없는 내음 때문이었다.

추뢰대에는 이런 이야기가 있다.

표식은 위조해도 그 냄새는 위조할 수 없다는 말.

"보, 보았소. 표식도 냄…… 치, 치워 주시오!"

"젠장!"

순찰대가 길을 비켜 주자 추뢰대의 쌍개는 더욱 속도를 높여 정도맹의 막사들이 있는 곳으로 몸을 날렸다.

"응?"

걸왕은 막사 밖이 소란스러워지자 고개를 돌렸다.

뭔가 일이 생겼는가 싶어서였다.

멀리서부터 기척 하나가 빠르게 다가오고 있는 것을 느꼈기 때문이기도 했다. 그 기척은 곧장 걸왕의 막사 쪽으로 향하고 있었다.

"뭔 일이냐?"

걸왕의 질문이 나오기가 무섭게 막사 입구가 열리며 거지 하나가 날듯이 들어와 넙죽 엎어졌다.

"후욱! 훅! 추뢰대의 쌍갭니다!"

"응? 추뢰대가 무슨 일이냐?"

땀으로 범벅이 된 쌍개를 보며 걸왕이 고개를 갸웃거렸

다. 정도맹의 일이면 지휘부로 갈 터인데 모양새를 보아하니 그에게로 바로 온 듯했기 때문이었다.

지금 상황에서는 굳이 추뢰대가 걸왕을 찾을 이유가 없었다.

"무위장주의 행적을 찾았습니다."

"뭐!"

그 말이 끝나는 순간 걸왕이 벌떡 일어섰다. 그리고 막사 입구 쪽에서도 놀란 음성이 들려왔다.

"그래?"

소요검선이었다.

그 역시 걸왕의 막사로 누군가가 빠르게 달려오는 것을 느끼고 호기심이 생겨 한달음에 도착한 상황이었다.

소요검선까지 자리를 하자 걸왕이 막사 내부에 기막을 쳤다.

굳이 비밀로 할 필요는 없었지만, 새삼 알릴 일도 아니었다. 장무위의 존재는 정도맹에 있어 계륵 그 자체였기 때문이었다.

"서신 좀 보자."

걸왕이 손을 내밀자 쌍개가 죽통을 내밀었다.

죽통을 받은 걸왕이 마개를 열고 안의 서신을 펼쳤다.

장무위, 막우 발견. 백경숙과 능천으로 보이는 남녀가 함께하고 있음.

"허!"

드디어 장무위의 행적이 알려졌다. 그것도 이곳에서 멀리 떨어지지 않은 위치에서 처음 그 자취가 발견된 것이다.

게다가 장무위와 막우뿐 아니라 북천궁의 소궁주인 백경숙과 능천까지 발견이 됐다는 내용을 보며 걸왕이 혀를 찼다.

"백무혁이가 속이 까맣게 타고 있겠구만."

"허허허허."

소요검선이 너털웃음을 흘렸다.

"어디 보자. 응? 이건 뭐지?"

걸왕이 서신과 함께 온 종이를 펼쳐 보았다.

이름 : 장무위

성명절기 : 무위검법, 무위장법, 무위권법, 무위창법

급수 : 병급

특이사항 : 없음

"이건 뭐냐?"

"정도맹 무사 모집원에서 파기 중이던 서류입니다."

"……."

쌍개의 대답에 걸왕이 멍한 표정을 지었다.

다음 종이는 막우였다.

이름 : 막우

성명절기 : 삼재검법

급수 : 을급

특이사항 : 팔 하나 없으나 문제없어 보임

"응?"

순간 걸왕의 눈가가 살짝 떨렸다.

장무위도 놀랍지만 막우의 성명 절기에서 눈이 치켜떠졌다.

"으음."

옆에서 서신을 함께 보던 소요검선 역시 놀란 눈치였다. 그를 보며 걸왕이 조심스럽게 입을 열었다.

"이거, 설마……?"

"봐야 알겠지만, 작살 어쩌고가 아닌 것으로 봐서는……."

조화검신의 검보가 막우에게 이어졌을 수도 있다는 말이었다. 종이를 접어 챙긴 걸왕이 물었다.

"파기 작업을 개방이 했을 테고……."

"예."

별것 아닌 일이지만 만에 하나 뭐가 집힐지 모른다는 생각에 개방도들이 이런 잡무도 담당한다. 그런데 개방도에게 있어 무위장주의 이름은 모르려야 모를 수 없는 이름이었다.

알면서도 말하기가 꺼려지는 그런 이름이었다.

게다가 막우는 이번에 개방에서 의원까지 투입하면서 이름이 널리 알려졌다. 취구단을 보내니 마니까지 이야기가 나왔기에 당연히 이름이 알려질 수밖에 없었다.

쌍개가 입을 열었다.

"정도맹이 모집 중이던 잡무사로 지원을 했던 것으로 파악이 됩니다."

"본인 확인은?"

"다행히 외팔이는 흔치 않은지라 기억을 할 수 있었습니다. 물론 외모를 완전히 기억한다기보다는 당시의 짧은 상황을 기억하는 정도뿐이지만."

"짧은 기억?"

"그냥 별 미친놈 같다는……."

쌍개가 조심스럽게 답변을 꺼내자 걸왕이 고개를 끄덕였다.

"정확하군. 잡무사 뽑는 데 가서 성명 절기를 죄다 지 이름을 붙인 걸로 말했으니."

"그, 그렇습니다."

"자, 잠깐? 이 병력이라면……?"

"어제 투입되었다던 그 병력입니다."

"헉!"

걸왕이 벌떡 일어섰다. 그러고는 불안한 눈초리로 사방을 살피기 시작했다. 마치 무언가에 쫓기는 이와 같은 모습이었다.

"허……."

그런 걸왕을 보며 소요검선이 안쓰러운 시선을 보냈다.

"아."

순간 걸왕은 자신이 추태를 보였다는 것을 깨닫고는 조심스럽게 궁둥이를 붙였다.

매번 만나면 도망치던 게 일이어서인지 지금도 반사적으로 그런 행동이 나온 것이다. 또 마지막 상황이 그다지 좋지 않았던 것도 사실이고 말이다.

"그럼 이곳에 있겠구나."

소요검선의 말에 걸왕이 묵묵히 고개를 끄덕였다. 소요

검선이 다시 말을 이었다.

"그런데 어찌 잡무사로 지원을 했을꼬."

"흐음. 그 인간 속을 어찌 알겠수."

걸왕 역시 복잡한 얼굴로 고개를 갸웃거리고 있었다.

"일단 여기 있다니 찾아야겠군. 안 가는가?"

"……."

걸왕은 대답 대신 똥 씹은 얼굴로 소요검선을 바라보았다. 정말로 그를 찾으러 가기 싫다는 모습이었다.

*　　*　　*

갈천극이 전마성 무인들을 둘러보며 입을 열었다.

"흐음. 사기는 별로군."

"일반 무사들이야 상황을 모르니 당연히 그러겠지요."

"정도맹은?"

"그다지 크게 신경 쓰는 모습은 없었습니다. 걸왕과 소요검선이 도착하는 것 역시 포착되었다고 합니다."

"하긴 마지막 승부까지 그들을 빼고 하기에는 부담이 있겠지."

갈천극이 피식 웃음을 지었다.

그러자 지금까지 말을 주고받던 태상장로 곽주경이 미소

를 지으며 말을 이었다.

"그래도 그들이 전부입니다. 소림도 화산도 절반은 움직이지 않았습니다."

"뭐, 대충 그림은 그려지는군. 하지만 너무 일이 쉽게 진행되어서 의심하는 이들도 많았을 것인데."

갈천극이 일이 너무 수월하다는 듯 말하자 곽주경이 약간은 씁쓸한 미소를 지으며 대답했다.

"아무래도 싸락골에서의 일을 감안한 모양입니다."

"……큼."

싸락골에서 죽어나간 극마의 고수만 셋이다.

그뿐이 아니라 환요궁주와 혈기대의 절반, 거기에 원로원 고수 일부까지 죽은 걸 생각하면 어마어마한 피해다.

정마대전을 통해서도 단 한 번의 전투에서 그만한 피해를 본 적은 없었다.

당연히 그리 생각할 수밖에 없었다.

실제 갈천극도 그 피해를 보고 나서는 정마대전을 일으키지 말아야 하는가 하는 고민에 빠지기도 했다.

"하긴 그럴 만도 하군."

"그 덕이라고 해야 할지는 모르겠지만, 그런 것 때문에 정도맹이 오히려 빠르게 밀어붙이는 모양입니다."

"그런가."

"예."

"정도맹주는?"

"그 역시 곧 도착한다고 했습니다. 우리 쪽의 움직임을 모를 리는 없으니 서둘렀겠지요."

곽주경의 설명을 들은 갈천극이 웃으며 말했다.

"그럼 이제 슬슬 마무리를 지어야 할 때가 왔군."

미소와는 달리 스산함이 깃든 눈동자였다.

第二章

장무위 개새끼

결국 장무위를 찾아 나선 걸왕은 어이없는 보고를 받고야 말았다.

"뭐?"

"해, 해당 병력은 전멸로 추정이……."

"그게 무슨 거지 밥 사 먹는 소리야!"

걸왕이 버럭 소리를 질렀지만 그 앞에 있던 병력 담당관은 영문을 모른 채 걸왕의 기세에 눌려 몸을 움찔거릴 뿐이었다.

"흥분하지 말게."

"말이 됩니까! 그 인간이 어디 뒈질 인간이오!"

"허허허허!"

"아, 쫌! 그 웃음!"

"허허, 흠. 흠."

걸왕이 역팔자로 솟구친 눈썹을 하고 담당관을 다그쳤다.

"정확한 것이냐!"

"그, 그렇습니다. 돌아온 인원이 없습니다. 만약 살았다 해도 이곳에 없다면 탈영을……."

"끄응."

걸왕이 신음성을 흘린 뒤 몸을 돌렸다.

"어쩌려는가?"

소요검선의 질문에 걸왕이 호흡을 가다듬으며 대답했다.

"장무위, 그 인간을 불러야겠소."

"허허, 부른다고 나올 친구인가?"

"이러고도 안 나오면 성인이지."

걸왕이 눈을 부릅뜨며 갑급 을급 병급 무사들이 묵고 있는 막사를 향해 사자후를 터트렸다.

"장무위 개새끼!"

후와아아!

걸왕의 사자후가 널리널리 퍼져 나갔다.

*　　*　　*

"응? 귀가 간지러운걸? 누가 내 욕 하나? 나처럼 법 없이 살 사람이 어디 있다고."

장무위가 고개를 갸웃거리고 있었다. 그러자 옆에 있던 백경숙이 뚱한 표정으로 대답했다.

"욕할 사람은 널렸지요. 그리고 법 없이 사는 게 아니라 법 있어도 사시는 거지요."

"뭐야, 왜 이리 삐딱해."

"뭐가요?"

왠지 냉기가 풀풀 날리는 반응에 장무위가 인상을 찡그렸지만 백경숙은 무뚝뚝해 보이는 얼굴로 냉랭하게 대꾸했다.

그러면서도 그녀는 장무위의 옆을 떠나지 않았다.

"쯧."

장무위는 더 이상 말대꾸를 하지 않고 고개를 돌렸다. 그때 능천이 조심스럽게 전음을 날렸다.

[계속 이러고 계실 겁니까?]

능천의 질문에 장무위가 대답했다.

[쉴 때 쉬자.]

[어떻게 움직이실 건지 알려 주셔야…….]

능천이 다시 쩔쩔매는 소리를 하며 말을 붙이자 장무위가 옆으로 몸을 누이며 답했다.

[대충 함정을 파 놨으니 판 놈들이 나타나겠지. 곧.]

[함정이란 말입니까?]

[내 말대로 됐잖아?]

[그, 그야 그렇지만…….]

신기하게도 전투 결과는 장무위가 말한 대로 되었다. 장무위의 감이라는 건 무서울 정도로 정확하게 맞아떨어졌다.

그렇다고 그냥 감이라고 치부하기에는 그의 경험이 상황을 잘 뒷받침해 주었다.

[대충 져 주면서 끌어들였겠다, 이쯤이면 적당히 되갚아 줄 때가 됐지. 봐라, 먹는 것부터가 다르잖냐.]

장무위의 대답대로 식사의 질은 확실히 좋았다. 건량 위주로 배급을 받던 정도맹 진영과는 달리 이곳은 먹을 것만큼은 풍족했다.

밀리는 쪽이라고 할 수 없을 만큼 말이다.

하지만 능천도 그에 대해서는 할 말이 있는 듯 항변했다.

[여기는 전마성 앞마당입니다. 정도맹이야 쾌속 진격 해 오느라 보급이 늘어진 거지만 전마성은 그럴 이유가 없잖습니까!]

[그래서 그래.]

[예?]

[굳이 애들 줄줄이 끌고 적진까지 안 가고도 알짜배기가 알아서 다 쳐들어와 주었잖냐.]

장무위의 대답에 능천의 얼굴 위로 당혹감이 번져 나갔다.

[그, 그건 밀려서 온 거잖습니까.]

[밀린 건지 밀린 척한 건지 네가 알아?]

[그럼 어르신은 아십니까!]

[감이 그래.]

감이라는 말. 참으로 모호한 말이었다. 뭔가 뒷받침되는 근거는 없지만, 무시하기도 어려운 게 바로 감이다.

게다가 장무위의 말이라면 더 찜찜하다.

단편적이지만 장무위의 말대로 되지 않았던가.

그리고 또 그 말을 곰곰이 생각해 보니 그럴듯하게 들리기도 했다.

일반적인 전쟁과 달리 강호의 전쟁은 우두머리 싸움으로 승패가 결정 나는 경우가 종종 있다.

물론 이런 대규모 전투는 상황이 조금 다르지만, 그렇다고 아주 아니라고는 할 수 없었다.

생각해 보니 처음에 보급 기지나 마찬가지인 거점들을

성공적으로 끊어 놓고도 전마성이 밀렸다는 게 이상하기도 했다. 심지어 녹림이 황실과 엮이면서 정도맹 편을 들 수도 없게 되었다.

물론 승승장구하기 시작한 정도맹 입장에서는 보이지도 않을 작은 균열이었다. 오로지 제갈장천만이 이런 부분에 우려를 나타냈을 것이 분명했다.

만약 이런 상황에서 일격을 당하게 되면 그때는 병력을 충원하든지 후퇴를 해야 한다.

그런데 이렇게 깊숙이 들어온 상황에서, 그것도 보급을 위한 길이 급조된 상황에서 정상적인 후퇴를 한다는 건 어려운 일이다.

자칫 지휘부가 무너지면 순식간에 괴멸될 가능성이 있다.

가끔 병법에 보면 본진 안으로 끌어들여 협공하는 경우가 있지 않은가. 이와 비슷한 양상이 있을 수 있다는 의미였다.

이곳은 적의 안마당이니까.

그리고 지고 있는 처지임에도 이렇게 보급이 풍부하다는 것은 여력이 있다는 방증이었다.

사실 이런 건 알기 어려운 부분이었다.

이곳에도 정도맹의 첩자들이 암약하고 있을 것이다. 비

록 하부 부대지만.

그런 이들이 이 정보만으로 장무위와 같은 상황을 유추한다는 것은 불가능했다.

그때 장무위의 전음이 다시 들려왔다.

[지고 있는데 먹을 게 잘 나오고 있다는 건 여력이 있다는 거다.]

능천이 지금 떠올리고 있는 의문을 짐작하고 있기라도 한 듯한 말투였다.

[지고 있는 놈들이라면 절대 이런 일 없다. 사기를 올리기 위한 식사는 전투 전에 적당히 먹이면 그만이다. 보급선이 살아도 밀리는 상황에서는 그 유지 병력까지 깡그리 빼와야 하니까.]

[아…….]

[애들 분위기야 가라앉아 있지만, 이를 다루는 높은 놈들은 태연하다. 보통 이러면 사기를 올리기 위해 뭐라도 할 건데 말이야. 또 망조 든 집안은 위에서부터 흔들리기 마련이지.]

[그렇다면……?]

[우린 지금 사기도 엉망이고 툭 치면 억하고 쓰러질지도 모른다고 일부러 보여 주는 게지. 이곳에 암약하고 있을 첩자들에게 말이다.]

연이어진 장무위의 설명에 능천의 얼굴이 굳어졌다. 만약 그렇다면 일이 더 심각한 것 아니겠는가.

그런 굳은 표정을 한 능천에게 장무위가 피식 웃으며 말했다. 이번은 전음이 아니었다.

"뭘 걱정하냐? 우린 대전마성의 무인들인데."

"……서, 설마?"

이래서 죽은 척하고 옷 갈아입으며 전마성 무인이 된 건가, 하는 생각이 스쳤다. 그때 장무위가 돌아누우며 중얼거렸다.

"전쟁터에서 쫄자들은 사는 게 이기는 거야."

"……."

능천은 자신도 모르게 고개를 끄덕였다. 더 이상 말은 안 했지만 장무위의 의도를 대충 알 수 있을 것 같았기 때문이다.

아까 한 말.

함정을 파 놨으면 판 놈이 올 거라는 말.

장무위는 그들의 뒤통수를 노리려 하고 있었다.

만약 그들이 나타나지 않으면 이대로 전마성으로 스며들어 가면 그만.

지금까지 장무위가 한 행동으로 보아 그게 가장 현실적인 방법이었다.

순간 능천의 등줄기에 식은땀이 배어 나왔다.

'앞뒤 가리지 않는 인간이 아니었다.'

적어도 전장이라는 곳에서는 모든 상황의 수를 경험해 본 노련한 노병이면서 적의 틈이 어디인지 아는 통찰력까지 가진 이였다.

이전에는 그게 생존으로 연결되었다면, 밑도 끝도 없이 강해진 지금은 더없이 무서운 인간이었다.

이기는 싸움을 할 줄 안다는 의미니까.

* * *

위지무의 눈이 치떠졌다.

"장무위?"

"예."

"걸왕이 장무위를 찾았단 말인가!"

"그렇습니다."

은월대주의 보고에 위지무의 얼굴이 심각해졌다. 이미 장무위가 정도맹으로 들어간 사실을 파악한 그들이었다.

그런데 그가 나타났을 것이라는 첩보가 들어왔다. 그것도 걸왕이 대놓고 그를 부르는 소리를 들었다고 한다.

첩자뿐 아니라 인근까지 가서 진영을 살피던 이들도 말

이다.

그때 은월대주가 약간 어색한 표정을 지었다.

그것을 본 위지무의 얼굴이 덩달아 찌푸려졌다. 뭔가 또 있다는 의미.

"또 무엇이냐."

"그런데 걸왕이 그를 찾는 소리가 좀……."

"왜? 오빠라고 하던가?"

"개새끼라고 했답니다."

"……."

은월대주의 보고를 들은 위지무가 잠시 입을 닫았다. 그리고 확인하듯 다시 질문했다.

"뭐라고?"

"개새끼."

은월대주의 보고에 위지무는 말없이 막사 밖을 바라보며 중얼거렸다.

"그 작자들은 왜 또 그러는지……."

한숨이 절로 나왔다. 고개를 절레절레 저은 위지무가 털레털레 걸음을 옮겼다.

그가 가는 방향은 바로 갈천극이 머물고 있는 막사 쪽이었다.

이미 그들은 전장에 도착해 있었던 것이다.

위지무의 방문을 받은 갈천극이 재미있다는 듯 웃음 지었다.

"결국 왔군."

"예."

예상하고 있던 바였지만 역시나 희한하게 등장을 알리는 장무위였다.

"태상장로."

"예."

곽주경이 한 발 나섰다. 그러자 갈천극이 그를 바라보지도 않고 말을 이었다.

"풀을 건드려 뱀을 나오게 했으면 당사자가 처리해야겠지."

"예. 그래야지요."

고개를 숙이는 곽주경에게 갈천극이 명을 내렸다.

"암천에 이 사실을 알리게. 아마도 이미 알고 있을지도 모르지만."

"존명!"

* * *

"클."

암천 칠위인 혈불노가 혀를 찼다.

그의 앞에는 곽주경이 공손한 자세로 서 있었다.

"이미 알고 계신 듯합니다."

곽주경의 말에 혈불노가 대답했다.

"그렇게 떠들어 대는데 귀머거리가 아니고서야 모를 리가 있겠나?"

대꾸하는 말을 들어 보니 암밀대를 통해 이미 장무위의 존재를 전해 들은 모양이었다.

"그럼 잘 부탁드립니다."

"전마성이 그리 힘이 없었나?"

혈불노의 대꾸에 곽주경이 고개를 숙이며 대답했다.

"그저 변수가 없길 바랄 뿐입니다."

"화경의 고수 하나가 변수라……."

"이미 입었던 피해만으로도 충분한 변수가 되었기에 이리 부탁드리는 것이옵니다."

혈불노의 비아냥에 곽주경은 차분히 대응했다. 다시 혈불노가 무어라 하려는 참에 구유검존이 끼어들었다.

"그만하게. 안 그래도 찜찜했던 차 아니던가."

"예, 형님."

구유검존의 말에 혈불노가 두말 않고 고개를 숙였다. 이어 구유검존이 곽주경에게 말했다.

"걱정할 필요 없다고 전하게. 그는 우리가 알아서 처리할 터이니."

"감사합니다."

"가 보게나. 한창 바쁠 때 아닌가."

"예. 그럼 이만 물러가겠습니다."

곽주경이 다시 허리를 숙이고 물러가자 혈불노가 불만 가득한 표정을 지으며 투덜거렸다.

"능구렁이 같은 놈."

"능구렁이라…… 아주 틀린 말은 아니구만."

혈불노의 투덜거림을 들은 구유검존이 피식 웃으며 대꾸했다.

결과적으로 그들이 끼어드는 곳은 이곳 전장이 될 확률이 높았다. 그렇게 되면 정체를 밝히기 곤란한 그들은 바로 전마성의 힘으로 인식이 될 것이다.

처음부터 노린 것은 아니었지만, 결과가 그리된 셈이다.

"사전에 정리할 수 있는 일을 질질 끌다니."

"어쩔 수 없지 않은가. 암밀대를 맹신했던 우리 탓인 것을."

혈불노는 지금 상황이 다 곽주경이 의도한 바라고 생각하고 있었다. 그게 아니고서야 어찌 장무위의 행적을 정도맹에 합류한 이후로 파악했겠는가.

물론 장무위의 합류를 늦게 안 것은 정말 불가항력이었기에 전마성 입장에서도 억울했지만, 혈불노는 믿지 않았다.

결론적으로 전마성에게 유리한 상황이 만들어지도록 했으니 말이다.

그때 구유검존이 고개를 돌려 상석에 있는 인검을 바라보며 물었다.

"갈천극을 보셨습니까."

"보았네."

"어떻습니까."

구유검존의 질문에 인검이 침묵을 지켰다. 그러자 혈불노의 눈썹이 살짝 꿈틀대었다. 약간의 놀람이었다.

곧바로 대답을 하지 않았다는 것은 갈천극의 무위가 예상 이상일지도 모른다는 의미였기 때문이었다.

"생각보다 절치부심했던 것 같네."

인검의 대답에 혈불노가 발끈했다.

"그래 봐야 제깟 놈이……."

"일단 나는 가늠이 안 되더구먼."

인검의 말에 혈불노는 입을 닫았다. 사실 실력을 가늠한다는 것은 경지에서 차이가 날 경우에나 가능했다.

물론 한눈에 고수인지 아닌지 가늠하는 것에는 한계가 있지만 말이다.

"설마 극마를 넘어섰다는 말씀이십니까?"

구유검존이 놀란 눈으로 질문을 던지자 인검이 고개를 내저었다.

"모르겠네."

"으으음."

인검이 고개를 내젓자 구유검존이 신음성을 흘렸다.

"어찌 되었든 야심이 많은 자기는 하지."

"아무래도 그렇겠지요."

"여하간 우리야 우리 할 일만 하면 되지 않겠는가?"

인검의 말에 구유검존이 고개를 끄덕이며 대답했다.

"그렇지요. 설사 극마를 넘어섰다 해도 그뿐이겠지요."

말을 내뱉는 구유검존의 표정 위로 약간이지만 두려운 기색이 스쳐 지나갔다. 암천 칠위 중 사위인 인검 위로 존재하는 세 명은 그야말로 괴물이니까.

물론 그렇다 해서 인검이 강하지 않은 것은 아니었다. 그는 혈불노와 구유검존 자신이 동시에 덤벼들어도 꺾지 못할 강자였기 때문이었다.

*　*　*

결국 걸왕은 장무위를 찾지 못했다.

욕도 해 보고 직접 막사를 헤집어도 봤지만 장무위는커녕 막우나 다른 이들도 찾을 수 없었다.

찜찜함과 불안감에 잠을 못 이루던 걸왕에게 밤늦게 손님이 찾아왔다.

"저, 어르신."

"무어냐."

걸왕이 막사 안으로 들어온 거지에게 묻자 거지가 공손하게 대답했다.

"손님이 찾아왔습니다요."

"손님? 장무위 그 양반이더냐?"

걸왕이 눈을 빛내며 되묻자 거지가 고개를 저으며 대답했다.

"아닙니다."

"그럼? 이 밤에 어떤 놈이……."

걸왕의 의문이 채 이어지기 전에 목소리가 들려왔다.

"나다."

"끄응."

걸왕의 입에서 신음 소리가 절로 흘러나왔다.

목소리와 함께 모습을 드러낸 사람은 바로 북해의 패자

인 북천궁 궁주 빙제 백무혁이었던 것이다.

걸왕과 소요검선 그리고 백무혁과 모문량이 한자리에 앉아 있었다.

"여기까지 왔구먼."

소요검선의 말에 백무혁이 한숨 섞인 음성을 내뱉었다.

"어쩔 수 없는 발걸음이었으니까요."

백무혁의 대답에 소요검선이 고개를 끄덕였다.

이미 그도 백경숙이 정도맹으로 들어선 것을 알고 있었기 때문이었다.

옆에 있던 걸왕이 혀를 찼다.

"딸내미 하나 간수를 못 해 가지고선."

"그놈의 거지새끼 정말 구걸만 하고 살게 만들까 보다."

"허? 한번 해 보자는 건가?"

걸왕이 양팔을 걷으며 몸을 일으켰다. 그에 발끈한 백무혁이 일어서려는데 모문량이 그를 잡았다.

이곳은 정도맹의 영역이었다.

소란을 일으켜서 좋을 게 없었다. 특히 정마대전의 결판을 지을 대전투를 앞둔 상황 아닌가. 그가 이곳에 있다는 사실만 해도 큰 파문이 일 수밖에 없었다.

어디까지나 북해는 중립이니까 말이다.

"왜? 꼬우면 쳐야지, 뗀 궁둥이를 다시 붙이려 그래?"

그것을 알기 때문인지 걸왕은 볼따구를 내밀며 이죽거렸다. 그런 걸왕의 과감한 도발에 백무혁이 잠시 몸을 부르르 떨었다. 하지만 반격은 옆에서 나왔다.

"무위장주님과 소궁주님이 함께하신다는 게 어떤 의미인지는 아실 터인데요."

움찔!

모문량이 던진 한마디에 걸왕의 몸이 심하게 움찔거렸다.

"게다가 걸왕께서는 저번에 사방에 매파를 돌려서 정도맹 처자들과의 단체 맞선을 피하다가 판을 뒤엎으신 걸로 아는데……."

"그, 그건 전마성 놈들이……!"

"그걸 무위장주님께서 알아줄지 모르겠습니다."

"……."

걸왕의 입술이 푸들푸들 떨렸다.

"그나저나 우리 소궁주님께서 함께하시는 것을 보니 두 분의 사이가 꽤나 진척이 된 듯한데, 이거 우리 소궁주님께서 장주님과의 거리를 멀어지게 한 개방의 방해 공작을 그리 좋게 생각하실 것 같지 않습니다."

"끄응."

걸왕은 신음 소리와 함께 고개를 숙였다.
"허허허허허! 그만하게나."
결국 소요검선이 나서서 말렸다.
옆에는 한결 마음이 풀린다는 표정의 백무혁이 모문량의 어깨를 도닥여 주고 있었다. 말은 하지 않았지만, 마치 잘했다는 듯.
한 번씩 주고받은 상황에서 백무혁이 단도직입적으로 질문을 던졌다.
"내 딸 내놓게."
"없어."
걸왕의 대답에 백무혁이 발끈했다.
"이놈이 아직도……."
"이 얼음뎅이야! 찾았으면 내가 이렇게 멀쩡하겠냐!"
"응?"
"없다고! 여기 왔다고 들었는데 못 찾았다고! 왜? 늙어서 귓구녕도 막혔냐?"
"그, 그게 무슨 소리야?"
걸왕의 대답에 백무혁이 혼란스러운 표정으로 질문을 던졌다. 그러자 소요검선이 대답을 대신했다.
"정식적으로 들어온 게 아니라 잡무사로 지원을 해서 들어왔더구먼."

"자, 잡무사?"

"우리에게 알리지 않고 들어왔다는 이야길세."

"어찌 그걸 모르고 있습니까!"

백무혁의 항변에 소요검선이 고개를 저으며 말했다.

"잡무살세. 말 그대로."

"끄응."

"왜인지는 모르지만, 작정하고 들어왔는데 우리가 어찌 알겠는가. 자네도 이리 드나드는데."

소요검선의 말에 백무혁이 한숨을 쉬었다.

물론 그는 개방을 통해 들어오기는 했지만 그것도 이미 안으로 숨어들어온 뒤에 개방을 통한 것이었다.

맘만 먹으면 화경의 고수인 그가 숨어드는 데에는 별 무리가 없다. 화경의 고수가 경계를 돌지 않는 한 말이다.

"그런데 어찌 찾지 못했다는 말입니까."

모문량이 차분하게 질문했다.

이곳에 잡무사로 지원한 점까지 파악했다면, 사실상 찾는 것은 문제가 아닐진대 못 찾았다는 말은 이상했다.

"우리가 그 사실을 알았을 때에는 이미 사라지고 없었네."

"사라졌다니……."

"아무래도 이곳에서의 첫날 전투 때 사라진 듯허이."

"전투 때 말입니까?"

백무혁이 놀란 표정으로 끼어들자 소요검선이 고개를 끄덕이며 대답했다.

"그렇다네. 우리가 모든 막사를 뒤졌을 때에는 이미 종적을 찾을 수가 없었다네."

"그, 그럼 어디로……."

백무혁이 멍한 표정으로 중얼거릴 때 모문량의 얼굴이 점점 허옇게 변했다.

"설마, 전마성으로 넘어간 것은……."

백무혁의 얼굴 역시 허옇게 변했다. 이어 백무혁이 폭발했다.

"장무위 개새끼!"

이 순간만큼은 걸왕도 공감한다는 듯 고개를 끄덕이고 있었다.

第三章

남궁정천의 계획

"소식 들으셨습니까?"

"무슨 소식 말인가?"

황보웅의 질문에 남궁정천이 고개를 갸웃거리며 되물었다.

"걸왕 선배께서 장무위란 자를 찾았다고 들었습니다."

"장무위라면……?"

"싸락골에 은거하고 있다는 그 초극고수 말입니다."

"아아, 그의 수하들이 혈마대주와 동귀어진했다지?"

"예. 아마 그 일로 온 듯합니다만……."

"그런데 그 소식이 어찌 이제야 알려진 건가?"

약간은 불편한 표정을 짓는 남궁정천에게 황보웅이 고개를 갸웃거리며 대답했다.

"잘은 모르겠습니다만, 걸왕 선배도 이 사실을 뒤늦게 아신 모양이었습니다."

"흐으음."

싸락골에 있다는 고수에 대한 이야기는 그도 종종 들었다. 하지만 걸왕, 소요검선과 친분이 있다는 사실만으로 회유에 대한 마음을 접었다.

그래도 회유를 안 한다뿐이지 아예 신경을 끊을 수는 없는 노릇이었다.

"화경이라지?"

"사실 그 부분에 대해서는 아직 의견이 분분합니다. 개방에서 의도적으로 알리지 않은 것도 있지만, 그를 아는 이들이 다들 이야기를 쉬쉬하고 있는 것도 사실이니 말입니다."

"으음."

"찾지 못했다는 것으로 보아 이곳에는 없는 듯합니다."

"영 거슬리는군."

남궁정천은 씁쓰레한 표정으로 중얼거렸다. 그때 황보웅이 화제를 돌렸다.

"그런데 갈천극이 올 수도 있습니다."

"으음."

강호무림의 최강자를 꼽으라면 전마성의 갈천극과 소림의 괴의선승을 들 수 있다.

지난 정마대전에서 갈천극은 정도맹의 화경 고수인 걸왕, 소요검선 그리고 이때 입은 내상으로 인해 지금은 이미 세상을 뜬 점창의 낙일검존 세 사람의 합공을 버티어 내었다.

물론 당시 걸왕과 낙일검존의 화후는 화경이라지만 완숙하지 않은 상황이었다.

그럼에도 갈천극이 세 명의 화경 고수를 버티어 내면서 세간에서는 그가 현경이 아닐까 하는 추측을 했다.

그런 갈천극을 홀로 막아선 이가 바로 소림의 괴의선승이었다.

지금은 괴의선승이 없었다.

아니, 올 수 없다는 표현이 더 맞았다. 지난 정마대전 이후 그의 행적을 아는 이가 없었기 때문이다.

소림에서 면벽 수련을 하고 있다는 이야기도 있고, 당시에 입은 내상 때문에 두문불출하고 있다는 이야기도 있는 등 소문만 무성했다.

"소림은?"

"이진에 백팔 나한이 진을 치고 있습니다."

"그랬지."

이는 의도적으로 배치한 것이다.

이들이 깊이 진격할 동안 만에 하나라도 배후를 차단당하지 않기 위한 안배라는 말로 그럴싸하게 포장해서 소림을 뒤로 물려 놓은 것이다.

"당시의 수준과 지금의 수준은 다르네."

"그야 그렇지요."

당시와는 달리 지금은 화경의 고수가 속속들이 나타나고 있었다. 남궁정천만 해도 외부에 알리지는 않았지만 화경의 경지에 오른 지 꽤 된 인물이었다.

외부에 알리지 않은 이유는 단순했다.

바로 지금과 같은 상황을 노린 것이다.

물론 화경의 고수가 되었음을 미리 알리는 것도 세가의 위명을 높인다는 점에서 나쁘지 않겠지만, 그래 봐야 소요검선이나 걸왕에 가려질 수밖에 없었다.

그들은 이미 이전 정마대전의 영웅들이었기 때문이다.

그럴 바에야 조금 더 인고의 시간을 가지는 게 나았다.

이전의 정마대전은 서로 보합세를 유지한 채 마무리되었기에 언제고 기회가 올 것이라는 예상을 할 수 있었기 때문이다.

"내 실력이 어느 정도 된다 생각하는가."

남궁정천의 질문에 황보웅은 곰곰이 생각했다.

화경의 경지에 오르고 나니 같은 화경이라도 또 그 차이가 엄청나다는 것을 알 수 있었다.

남궁정천을 만나고 나서는 그 점이 더욱 확연히 느껴졌다.

내심 남궁가를 넘어설 수 있다는 생각을 했었는데, 이미 남궁정천이 화경의 경지에 올라 있었던 것이다.

더욱이 그의 경지는 그로서도 감지가 되지 않았다. 하지만 반대로 남궁정천은 황보웅을 보는 순간, 그가 화경의 초입에 다다른 사실을 알아차리고 먼저 말을 걸어 왔다.

시일이 지난 지금.

아직 황보웅은 남궁정천의 경지를 가늠할 수 없었다. 물론 그렇다 해서 걸왕이나 소요검선의 경지를 가늠할 수 있는 것은 아니었다.

그저 현 정도맹주인 무당파 송도진인만이 자신과 비슷한 경지로 느껴질 뿐이었다.

"벽이 느껴지고 있다네."

남궁정천의 말에 황보웅이 놀란 눈을 했다.

화경의 경지인 그가 벽이 느껴진다는 말은 벌써 화경의 끝자락일 수 있다는 의미였기 때문이다.

"자네와 같은 경지라면 나 역시 세 명은 감당할 수 있지.

아니, 꺾을 수 있다는 자신감이 드는군."

"아아……."

절로 감탄사가 흘렀다.

이는 지금 남궁정천이 예전 정마대전 때 갈천극 이상의 무위를 가지고 있다는 말이나 마찬가지였다.

당시에는 소요검선을 제외하면 다들 화경의 초입에 가까웠기 때문이었다.

"물론 소요검선과 걸왕 역시 끝자락에 다다른 듯하더군."

"으음……."

그 말에 황보웅의 표정이 살짝 어두워졌다. 그 표정 변화를 본 남궁정천이 웃으며 말했다.

"그런 표정은 아직 이르지 않은가?"

"갈천극의 무위가 걱정되어서 그럽니다."

황보웅의 걱정 어린 대답에 남궁정천이 고개를 끄덕이며 말을 이었다.

"아마 이번 전쟁의 핵심은 자네와 나 그리고 맹주에게 달렸을 것이네."

"그 말씀은?"

"갈천극을 상대할 것이야. 솔직히 갈천극의 무위가 어떠한지는 아직 모르니 말일세. 적어도 나보다는 위라고 보는 게 솔직한 생각이야."

"그렇습니까? 하지만 갈천극은 이미 극마의 끝에 다다랐다는 평을 들은 지 오래입니다."

"극마의 끝에 다다랐다고는 하지만 그 끝을 넘어선 건 아니지 않은가."

남궁정천의 말에 황보웅이 천천히 고개를 끄덕였다.

"예."

"처음에는 차이가 있었겠지만, 지금은 그 차이가 미미할 것이라는 생각이네."

"그렇다면 우리 셋이 그를 상대하고 나머지 고수들을……."

"걸왕과 소요검선이 맡게 되겠지."

남궁정천의 대답에 황보웅의 입가에 미소가 어렸다. 그리된다면 새로운 영웅의 탄생이었다.

"그거면 족하지 않겠는가?"

"변수는 없겠습니까?"

"전마성의 변수는 이미 소모되지 않았는가. 싸락골에서 말이야."

"아……."

화경의 고수 세 명, 원로원 고수 다수와 혈기대 절반, 그리고 이번의 혈마대주.

"게다가 변수라면 오히려 우리 쪽에 있겠지."

"우리 쪽이라니요?"

"장무위란 자."

"그가 변수가 되겠습니까?"

"화경일지 아닐지 정확하진 않지만, 적어도 소요검선과 걸왕이 교분을 가질 정도인 데다가 또 개방이 나서서 매파를 돌릴 정도라면 화경의 고수라 확신해도 무방할 테지."

"그런 고수가 전마성을 노린다?"

황보웅이 눈을 빛내자 남궁정천이 웃음을 지으며 말했다.

"그거면 족하지 않는가? 가장 중요한 것은 이번 일전에서 최후의 비수를 누가 꽂느냐, 일세."

남궁정천의 말에 황보웅의 눈이 빛났다.

그런 황보웅을 향해 남궁정천이 다시 말을 이었다.

"난 이미 전대의 물결이야."

"당치도 않습니다."

"아니야. 이미 사라졌어야 할 물결이 뒤늦게 넘실거리는 것일 뿐, 내 다음 대는 바로 자네일세."

황보웅은 황공하다는 표정을 지었지만, 그 역시 내심 그리 생각을 하고 있었다.

또 그러기 위해 남궁정천과 함께하는 것이고 말이다.

"아쉽지만 현 가주는 아직 모자람이 많아. 손주들이야 이제 두각을 드러내는 놈이 있지만, 그것도 모르는 일이고."

"검왕가입니다. 그 맥은 결코 끊어질 리 없습니다."

황보웅이 아니라는 듯 말을 했다. 그 모습을 본 남궁정천이 웃으며 말했다.

"내 이후를 부탁함세."

남궁정천의 말에 황보웅은 고개를 숙였다.

남궁정천이 황보웅을 끌고 가는 이유는 바로 이것이었다. 미래를 위한 포석이다.

* * *

능천이 걱정스러운 표정으로 질문을 던졌다.

"그런데 정말 할 겁니까?"

"뭘?"

"정말 전마성주를 상대할 거냔 말씀입니다."

능천의 말에 막우와 백경숙의 눈이 저절로 장무위를 향했다.

그들이 이곳에 온 이유는 복수다.

그간 장무위는 공공연히 '전마성 갈아 마신다!' 등의 발언을 해 왔다.

갈천극이야말로 그 전마성의 정점에 있는 인물이다.

이곳에 왜 왔느냐는 질문에 장무위는 범을 잡으러 범굴에 온 것뿐이라는 말을 했다.

정도맹에서도 그게 가능하지 않으냐는 질문에는 웃기는 소리라고 일축했다.

있는 놈들은 아군이든 적군이든 똑같다는 대답과 함께였다.

물론 그 말에는 능천도 어느 정도 공감했다.

결국, 장무위가 전마성에 온 이유는 바로 누구의 방해도 받지 않고 갈천극을 상대하기 위함으로 볼 수 있었다.

능천은 그것을 확인하기 위한 질문을 한 것이다.

"상대를 왜 해?"

"예?"

장무위가 무슨 말을 하느냐는 듯 바라보자 능천이 얼떨떨한 소리를 흘렸다.

"딱 보다가 뒤통수 빡! 이러면 끝이지."

"……."

순간 능천은 물론이고 막우나 백경숙의 얼굴 위로 황당함이 번져 갔다.

대놓고 뒤통수치겠다는 말을 하는 것이다.

"아니, 전마성 진영에서 그런 짓을 하고 괜찮을 리가 있겠습니까?"

"전투 중에 한다니까? 저쪽에서 고수 비슷한 애들이 몰려와서 드잡이질할 때 깔끔하게 처리하고 튀는 거야."

"……."

"어차피 뒤섞여 전투 중이니 우릴 쫓아 봐야 몇이나 오겠어. 딱 처리하고 바로 정도맹으로 튀면 정도맹 애들은 아군인 줄 알고 막아 줄 거고, 전마성 애들은 닭 쫓던 개 꼴이 되는 거지."

"……그러려고 여기 온 겁니까."

"당연하지."

능천은 물론이고 백경숙과 막우 역시 장무위를 보며 창피하다는 느낌을 받았다. 하지만 반대로 역시 장무위니까 이런 짓을 떠올릴 수 있다는 생각도 했다.

게다가 확률도 높다.

무려 화경의 고수가 치는 뒤통수.

안 아플 리가 없다.

하지만 그래도 역시…… 창피해 보인다는 건 어쩔 수 없었다.

* * *

"첩보가 왔습니다."

정도맹주인 송도진인과 이 전투를 이끌고 있는 남궁정천, 그리고 황보웅을 비롯한 고수들이 한자리에 모여 있었다.

"첩보라면?"

송도진인의 말에 남궁정천이 눈을 빛내며 물었다.

"전마성 본성에서 추가로 무인들을 모집해서 곧 충원을 하려 한다는 첩보이지요."

송도진인의 말에 황보웅이 더 볼 것 없다는 듯 말을 뱉었다.

"그러면 한발 빠르게 쳐야 하지 않겠습니까!"

"아무래도 그래야겠지."

남궁정천이 황보웅의 말에 힘을 실어 주듯 대꾸했다. 하지만 송도진인은 신중한 표정을 지었다.

"지난 전투 후 아직 병력의 수습이 끝나지 않아 조금 걱정이외다."

"맹주, 그것은 전마성도 마찬가지요. 차라리 적이 더 늘기 전에 빠르게 치고 나가는 것이 낫지 않겠소?"

"으음."

남궁정천의 말에 송도진인의 고민이 깊어졌다.

이곳은 적의 턱밑이다. 아무래도 무인의 추가 수급 면에서는 전마성이 유리했다. 남궁정천의 말에 무게가 실리는 것도 어쩔 수 없는 상황이었다.

송도진인이 고개를 들어 좌중을 살폈다.

다들 남궁정천의 말에 수긍하는지 고개를 끄덕이고 있었다.

물론 송도진인 역시 그의 말에 동조하는 입장이었다. 하지만 이 자리에 없는 이들이 아쉬웠다.

소요검선과 걸왕은 여전히 이곳에 없었고, 제갈장천 역시 자리에 없었다.

소림과 마찬가지로 후방을 맡고 있었다.

마지막 일전인 만큼 그를 불러올리려 했으나, 남궁정천 등이 보급선이 약하기 때문에 만에 하나를 대비하여 제갈장천이 뒤에 남아 있어야 한다고 주장했다.

얼핏 말은 맞는 듯하나 누가 봐도 순수한 의도에서 하는 말이 아니라는 것 정도는 알 수 있었다. 이미 승리 후의 입지를 예상하여 그를 배제하는 것임이 분명했다.

물론 아무런 실적 없이 공만 탐낸다면 문제가 있겠지만, 남궁정천과 황보웅을 중심으로 한 무인들의 세력은 충분히 그럴 자격이 있었다.

항상 선두에 선 만큼 피도 많이 흘렸고 또 그 이상의 공을 세웠기 때문이다.

그렇기에 그의 말을 가벼이 들을 수 없었다. 그러나 마지막 전투인 만큼 제갈장천의 생각이 궁금하기도 했다.

물론 지금 이 자리에 그가 없으므로 소용없는 생각이었다.

그리고 또 송도진인 역시 아주 욕심이 없다고는 할 수 없었다. 정마대전을 최단 기간 내에 잘 마무리한 맹주로 이름을 알릴 수 있으니 말이다.

송도진인이 고개를 돌려 팽가주인 팽철악을 바라보았다.

"준비되겠습니까?"

"전면에 내세울 병력을 제외한다면 가능합니다. 지난 전투에서 피해가 많았기에……."

"어차피 더는 쓸모가 없네. 그저 남은 인원들이나 밀어넣고 본 전력으로 상대하는 편이 나을 걸세."

남궁정천이 그것은 문제가 안 된다는 듯 말을 꺼냈다.

이미 마음을 정한 말투였다.

"그럼 시간 끌지 말고 바로 출정을 하지요. 이틀 후면 되겠습니까?"

송도진인의 질문에 남궁정천이 고개를 저었다.

"내일 바로 움직이지요."

"내일 말입니까?"

"어차피 내부에 전마성 첩자들이 있다고 가정해 볼 때, 기습적으로 치고 나가는 게 더 나을 수 있소."

"음."

남궁정천의 말에 송도진인이 고개를 끄덕였다.

이어 황보웅이 말을 덧붙였다.

"기왕이면 내부에는 지원 병력이 도착한 뒤에 일전을 벌이는 것처럼 소문을 내지요?"

"나쁘지 않군."

"맞습니다."

"좋은 생각입니다."

황보웅의 말에 다들 고개를 끄덕이며 동의했다. 송도진인 역시 나쁘지 않은 의견이라 생각했다.

"그럼 지금 준비를 시키고, 무인들에게는 충원 병력이 오기 전에 미리 이동을 준비하는 것처럼 알리지요."

"그럼 그리합시다."

황보웅이 재차 의견을 내자 송도진인이 고개를 끄덕였다. 그러고는 다들 각자 준비를 하러 움직였다.

송도진인 역시 자리를 떴다.

소요검선과 걸왕을 만나기 위해서였다.

"뭐, 내일?"

걸왕이 눈을 치뜨자 송도진인이 어색하게 웃으며 대답했다.

"그렇게 됐습니다."

"아무리 그래도……!"

"시간이 흐르면 기습의 묘가 사라지기 때문에 어쩔 수 없는 선택이었습니다, 걸왕 선배."

송도진인의 대답에 걸왕이 혀를 차며 말했다.

"아예 니들끼리 다 해 먹어라."

"그런 게 아닙니다."

"지금 개방의 태상장로에게 눈 가리고 아웅 하냐?"

걸왕이 삐딱하게 나오자 송도진인은 할 말을 잃었다.

상대방은 말 그대로 개방의 태상장로다.

정도맹 정보력의 핵이 바로 개방인데 그런 개방의 태상장로를 상대로 되지도 않는 변명이 먹힐 리가 없었다.

"죄송합니다."

"이번에도 남궁정천, 그 친구 의견이겠구만."

소요검선이 한마디 던지자 송도진인이 송구스럽다는 듯 고개를 숙였다.

긍정의 말은 따로 하지 않았지만, 그것만으로도 대답은 되었다.

"어찌 되었든 내일은 우리 힘도 필요하다는 거겠지?"

"예. 아무래도 내일 일전에는 지금까지 나오지 않았던 화경의 고수가 나올 듯싶습니다."

고개를 끄덕인 소요검선이 문득 생각났다는 듯 질문을 던졌다.

"그렇겠지……. 하면 갈천극은?"

"첩보가 오지는 않았지만, 이미 왔으리라 생각됩니다."

"흐으음."

"놈은 누가 상대하기로 되어 있는가."

소요검선이 한숨을 내쉴 때 걸왕이 질문을 던졌다.

"남궁정천 대협과 황보세가주 그리고 제가 맡기로 했습니다."

"셋이라……."

걸왕이 고개를 끄덕였다.

남궁정천은 화경에 진입하는 게 늦었지만, 가진바 바탕이 탄탄하고 또 경험이 많은 덕에 경지를 빠르게 끌어올릴 수 있었다.

갈천극이 극마의 극의에 올라섰다는 가정하에 이 셋이면 얼추 가능하지 싶었다. 만약 그게 아니라 해도 다른 극마의 고수들을 처리한 뒤 합류하면 될 일이다.

걸왕은 자신감이 있었다.

비록 장무위에게 만날 쥐어 터졌지만, 그로 인해 깨달은 것도 많았다.

화경의 경지에 오르면 대련 상대의 부재는 자연스럽게 따라오는 문제였다. 그런데 걸왕은 생존을 위해서라도 항상 온 힘을 쏟아 대었으니 늘지 않으면 그건 바보다.

소요검선 역시 마찬가지였다.

비록 걸왕과 달리 그는 몸을 사렸지만, 보는 것 역시 수련이다. 장무위에게 걸왕이 쥐어 터지는 것을 항상 빼놓지 않고 보았다.

당연히 작은 깨달음 정도는 얻을 수 있었다.

"자신 있는가?"

소요검선의 질문에 송도진인은 씁쓸한 미소를 지으며 대답했다.

"자신 있고 없고가 어디 있겠습니까. 해야 하는 일이지요."

이전이라면 자신 있다고 대답할 수 있었을 것이다. 하지만 싸락골에서 장무위에게 당한 이후 송도진인은 화경의 고수라고 다 같은 게 아니라는 것을 깨닫게 되었다.

"허허허."

송도진인의 대답에 소요검선은 너털웃음을 터트렸다. 그때 송도진인이 조심스럽게 질문을 했다.

"그런데 혹시……."

"무언가?"

"그분은 어디에 계신지……."

"아아."

걸왕이 장무위를 요란스럽게 찾아다닌 덕에 송도진인 역시 그 소식을 모를 수 없었다.

송도진인의 질문에 걸왕이 피식 웃으며 대답했다.

"왜? 한판 붙어 보게?"

"아, 아니 그래도 계시면 도움이 될 듯해서……."

그만한 고수가 있다면 충분히 도움이 되고도 남았다. 또 세력도 없기에 딱 좋은 조력자였다.

"쯧, 없는 게 돕는 거다. 그래 봬도 눈치가 빨라 이쪽이 뭔 짓을 하는지 딱 알거든. 아마 수틀리면 남궁 선배든 황보웅이 그놈이든 작살부터 낼 거란 말이지."

"그, 그건…… 끄응."

틀린 말은 아니었다.

물론 그런 사태가 벌어지면 자신도 끼어들어야 한다. 그때 문득 한 가지 생각이 스쳐 지나갔다.

"호, 혹시 갈천극의 무위가 어르신과 비슷할까요?"

순간 등줄기가 서늘해졌다.

송도진인의 의문에 걸왕이 미간을 찌푸리며 고민했다. 그러고 나선 소요검선에게 의견을 구하는 시선을 보냈다.

"비슷하다고 봐야겠지. 갈천극 역시 놀지는 않았을 터이니."

소요검선의 말에 송도진인의 얼굴이 빠르게 굳어졌다.

자신과 남궁정천 그리고 황보웅 세 명이 장무위를 상대한다고 생각하면?

쉽지 않을 것이라는 판단이 들었다.

"으음."

"최악의 상황을 항상 염두에 두어야 하네."

"알겠습니다. 괴의선승께서 오시지 않은 게 아쉽습니다."

"어쩔 수 없는 일이지."

송도진인이 아쉬운 표정을 지었다. 소요검선이 그를 보며 말을 이어 붙였다.

"우리가 적들을 상대하고 빠르게 뒤를 받쳐 주지. 어렵다 싶으면 시간을 끌게나."

"알겠습니다."

"그럼 가 보게."

"예. 그럼 전 이만 가 보겠습니다."

송도진인이 나가고 난 뒤, 걸왕이 걱정 섞인 음성으로 소요검선에게 말을 붙였다.

"만약 그 정도라면 어렵지 않을까요?"

"남궁정천 그 친구가 있으니 해볼 만하지 않겠는가? 나도 가늠이 안 되니 말이야."

"그럼 저는 가늠이 되십니까?"

"안 되지."

"우리 둘이 맹주 끼고 그 양반에게 덤비면 될 것 같습니까?"

"어렵지."

"그렇죠?"

"무엇보다 그는 우리와 상성이 안 좋아. 아니, 무인들 자체와 상성이 안 좋지."

소요검선의 말에 고개를 끄덕였다.

그 말대로였다. 강함의 정도를 떠나 장무위는 무인들과 상성 자체가 안 좋았다.

"쯧. 욕심이 눈을 가려 가지고선."

걸왕이 벌러덩 누우며 투덜대었다.

第四章

전투의 시작

한창 배식이 시작되려던 순간 요란한 소리가 울려왔다.

"식사 중단이다! 전부 병장기를 들고 모여라!"

"집합하란 말이다!"

"정도맹이 쳐들어온다!"

요란한 외침 속에서 장무위의 얼굴은 구겨져 있었다.

"오라질, 하필이면 내 차례에……."

이제 배식을 받을 차례였지만 외면당해 버렸다. 기분이 더러워진 장무위가 이를 갈며 중얼거렸다.

"확 다 싸그리 죽여 버릴까 보다."

"……."

그런 장무위를 보며 막우나 백경숙 그리고 능천은 위화감을 느끼기보다는 왠지 이 모습이 더 장무위에게 잘 어울린다는 생각을 했다.

적응이 참 빠른 인간이었다.

그렇게 한참 투덜거리던 장무위가 갑자기 뒤돌아보며 막우 등에게 말했다.

"흩어지지 마라."

"예."

"깔끔하게 끝내자."

조금 전의 투덜거림과는 달리 장무위의 표정에서는 더 이상 불만의 기색 같은 건 찾아볼 수 없었다. 착 가라앉은 모습이 평소와 달라도 너무 달랐다.

오히려 보는 사람들이 어색할 지경이었다.

"빨리 끝내자고. 이런 건 오래 할 짓이 못되니까."

왠지 몰라도 장무위의 중얼거림에서 다들 묘하게 진한 여운을 느낄 수 있었다.

* * *

"놈들이 미리 치고 나온다는 사실을 왜 몰랐는가."

태상장로 곽주경의 한마디에 위지무는 씁쓰레한 표정으

로 대답했다.

"아무래도 하루 이틀 사이에 결정된 사안 같습니다. 그나마 직전에 움직임이 이상하다는 첩자들의 첩보를 받은 게 전부였습니다."

위지무의 대답에 갈천극이 너털웃음을 흘리며 대꾸했다.

"하핫! 이거 한 방 먹은 거군!"

"죄송합니다."

갈천극의 웃음에 위지무는 고개를 숙였다. 하지만 갈천극은 별일 아니라는 듯 손을 들어 내저었다.

"뭐, 차라리 나쁘지 않아."

"예?"

"어차피 이번 일전에서 한 방 제대로 먹이기 위해 그동안의 피해도 감수했거늘."

"그야 그렇지만……."

"오히려 놈들이 이로 인해 승기를 잡았다고 판단하면 지금까지 한 준비가 빛을 발할 수 있겠지."

갈천극의 말에 위지무는 다시 한 번 고개를 숙였다. 그의 말도 일리는 있었다. 다만 마지막에 와서 삐걱거리는 모습을 보인 듯해서 죄송하다는 표정일 뿐이었다.

"그래. 그들에게도 연락은 했는가?"

갈천극의 질문에 곽주경이 대답했다.

"예. 일이 생각보다 빨리 벌어질 듯하다고 곧바로 알렸습니다."

"별다른 말은?"

"없었습니다."

"그럼 됐지."

곽주경의 말에 갈천극은 고개를 끄덕이며 천천히 몸을 일으켰다.

"그럼 오랜만에 놀아 볼까?"

* * *

"쯧, 시끄럽긴."

여기저기에서 함성을 지르며 달려 나가는 모습을 보며 혈불노가 혀를 찼다.

"어쩔 수 없지 않은가."

"끙."

구유검존의 말에 혈불노는 앓는 소리를 냈다.

그의 말마따나 싸락골에서 제대로 처리했으면 이곳까지 올 일도 없었다. 하지만 그러지 못한 이상 어쩔 도리가 없었다.

인검의 말이 이어졌다.

"이것도 나쁘지 않지. 갈천극의 무위도 볼 수 있으니 말이야."

"그야 그렇습니다만."

혈불노는 그래도 이런 번잡함이 싫은 표정이었다.

"지켜보자고."

인검이 다시 답하자 혈불노는 입을 닫은 채 전장으로 시선을 옮겼다.

*　　*　　*

"핫핫! 놈들이 허둥대는 꼴을 보십시오!"

전장을 살피던 황보웅이 크게 웃음을 터트렸다. 비록 급하게 준비했다지만 어느 정도 대열을 갖추고 공격해 나가는 정도맹의 무인들에 비해 전마성의 무인들은 영 맥을 못 추고 있었다.

"아직 본격적인 싸움은 시작도 안 했네."

남궁정천이 아직 시작이라는 말을 하기는 했지만, 그의 입가에도 황보웅과 같은 미소가 그려져 있었다.

시작이 좋은 전투에 기분이 나쁠 리는 없었다.

그들에게 있어 이번 전투는 단순한 정마대전 이상의 의미가 담겨 있기 때문이었다.

향후 무림의 패권을 가늠할 수 있는 일전이며 남궁과 황보를 포함한 세가 연합이 구파일방의 그림자에서 본격적으로 벗어날 수 있는 미래가 걸린 일전이었다.

"놈들도 더는 못 버틸 듯합니다."

"그렇군."

황보웅의 말에 남궁정천이 고개를 끄덕였다.

전마성의 대열이 빠르게 무너지는 것이 눈에 확연하게 들어왔다.

이쯤 되면 전마성에서도 본격적인 무인들을 투입해야 한다. 그러면 마찬가지로 이쪽도 그에 맞추어 알맞은 패를 던지면 그만이다.

먼저 패를 꺼내는 쪽이 불리한 싸움에서 정도맹은 그렇게 발 빠르게 나아가고 있었다.

* * *

"이런."

위지무의 눈살이 찌푸려졌다.

예상보다 정도맹의 기세가 사나웠기 때문이었다. 물론 이 전투의 마무리는 초극고수들 간의 겨룸에서 결판날 것이 분명했지만, 전세가 불리한 상태에서 먼저 패를 내보내는 것은 그다지 좋은 선택이 아니었다.

하지만 지금 상황으로 봐서는 전마성이 먼저 하나씩 패를 까야 할 판국이었다.

그렇게 전장을 살피던 위지무의 미간이 찌푸려졌다.

"응? 저놈은 뭐지?"

다른 곳과 마찬가지로 지리멸렬하여 밀리는 것은 맞았다. 하지만 다른 부대가 밀리며 많은 사상자가 나는 것에 반해 그가 바라보는 방향의 부대는 뭔가 조금 달랐다.

아니, 정확히는 특이해 보이는 인간이 있었다.

커다란 쇠방패를 들고 몸에는 갑주 비슷한 것과 병장기들을 주렁주렁 매단 꼴이 무인이라기보다는 전장에서 굴러먹는 용병 같아 보였다.

물론 지금 내보낸 이들의 대다수가 용병에 불과한 건 사실이었지만, 그가 익히 아는 그런 용병이 아니라 국가 간의 전쟁에서나 볼 법한 그런 용병이었다.

하지만 중요한 것은 그게 아니었다.

"왜 이리 찜찜하지."

위지무는 그냥 기분이 더러웠다.

이유 없이 말이다.

"이런, 병신들! 차라리 등때기에 방패를 차고 달리든지!"

장무위는 연신 공격해 오는 적들의 무기를 막아 내며 욕설을 퍼붓고 있었다.

원래 작전은 밀리면 대충 중간에서 휩쓸려 도망가고 또 밀어붙이면 적당히 중간에서 함성을 지르는 것이었다.

그런데 지금 상황은 그게 아니었다.

전마성은 처음 이 습격을 방치하기로 했는지 그저 병력만 밀어 넣었을 뿐이었다.

그 결과 제대로 된 시야를 가진 지휘관이 없는 일선 부대는 순식간에 무너지기 시작했다.

여기저기에서 전황이 어떻게 되는지도 모른 채 적들에게 둘러싸여 죽어 나가게 되니 장무위로서도 처음의 생각과는 다르게 나름대로 치열하게 싸워야만 했다.

물론 그 와중에도 동료(?)를 방패 삼아 움직이고는 있었지만 이대로라면 눈에 띌 수밖에 없다.

"죽어, 마졸 새끼!"

캉캉캉!

한 놈이 그다지 독창적이지 못한 욕설을 퍼부으며 연신 장무위에게 칼을 휘둘렀다.

그를 본 장무위는 한숨을 쉬며 뒤를 돌아보았다. 이쯤 하고 또 적당히 퇴로를 찾아 움직여야 할 듯했다.

안 그러면 조금 전 포위당하고 몰살된 병력 꼴이 날 테니까.

그렇다고 죽은 척하기도 애매했다.

적당한 시기에 죽은 척을 한다면 모를까, 지금처럼 개전 초기에 하기는 좀 그렇다. 손도 밟히고 머리통도 밟힐 수 있으며, 재수 없으면 넘어지는 몸을 지탱한답시고 검을 지팡이 삼아 꽂는 데 찔릴 수도 있는데 그것 또한 난감했다.

물론 지금의 장무위에게는 별로 위협이 되지 않지만 말이다.

옛날에는 멋모르고 개전 초기부터 화살 주워다가 맞은 척하고 엎어졌다가 언 놈이 엉덩이에 칼을 박는 바람에 위기를 맞기도 했다.

그 상황이 조금 전 상황이었다. 자빠지지 않으려고 칼을 박았는데 시체가 벌떡 일어서며 괴성을 질렀으니 그놈은 얼마나 놀랐겠는가.

그때 한참 동안 제대로 앉지도 못했던 기억이 있다. 그날의 경험 이후 죽은 척 할 때는 항상 시체 하나를 이불처럼 위에 덮었다.

어쨌든 지금은 그럴 때가 아니었다.

뒤돌아보니 막우와 백경숙 그리고 능천 역시 장무위의 눈치를 보며 적당히 움직이고 있었다.

"이 고자 새끼! 언제까지 막고만 있을 거냐!"

"이걸 확 죽여?"

고자라는 말에 장무위의 눈이 섬뜩해졌다.

그가 누구인가?

정력신마 등 수많은 이름난 정력가들에게 붙을 법한 미사여구를 독차지한 남자가 아닌가.

장무위의 살기 어린 눈빛을 받은 정도맹의 무인은 순간 움찔하며 물러섰다. 그러고는 다시 함성을 지르며 달려 나갔다.

장무위가 있는 곳이 아닌 다른 곳으로.

"쯧."

장무위가 보기에 놈은 장수할 것 같았다. 저런 눈치 있는 놈들은 보통 명이 긴 편이니까.

그때 하늘 위로 그림자가 드리워졌다.

물론 구름 따위는 아니었다.

"이제야 움직이는군."

제대로 된 무인들이 전장에 투입된 것이다.

그리고 반대쪽에서도 이들을 맞이하기 위한 정도맹의 무인들이 빠르게 투입되기 시작했다.

"이제부터 진짜구나."

장무위의 눈빛이 가라앉았다. 그러고는 차분히 기감을 넓혀 나갔다. 이제부터는 한 방 싸움이 벌어질 게 뻔했기 때문이었다.

그의 목적은 승리가 아닌 복수다.

그저 잘생긴 뒤통수에 칼침 먹이고 빠져나가면 끝이다. 어차피 전쟁은 꼭두각시놀음이다.

명령 내린 꼭대기 놈만 없애면 그만이다. 물론 그때 온 놈들 역시 슬슬 기어 나오기 시작할 테니 그들 역시 손을 봐야 했고 말이다.

"혈마단이라 했지?"

슬슬 피를 묻힐 때가 다가오고 있었다.

서걱! 석!

"끄악!"

"뒤, 뒤로 물러서!"

"빌어먹을!"

한발 빠르게 당도한 전마성의 무인들에 의해 정도맹 낭인들이 밀려났다. 삼류에서 이류에 턱걸이하는 실력으로는 전마성 하급 무사들에게도 밀리는 것이 당연했다.

하지만 그것도 잠시, 정도맹에서 몸을 날린 무인들이 합류하면서 팽팽한 전투가 벌어졌다. 그 사이에 위기 아닌 위기를 벗어난 장무위와 일행들은 일단 한숨을 돌릴 수 있었다.

"아, 정말 참느라 혼났네."

장무위가 투덜거리며 물러서자 다른 일행들도 마찬가지라는 듯 고개를 끄덕였다. 하지만 잠시 숨을 돌렸다뿐이지 실제로는 이제부터 본격적인 전투가 시작된 것이나 마찬가지였다.

양 진영에서 시간 차를 두고 무인들이 추가로 투입되기 시작했다.

전력상 밀리는 부분이 있으면 바로바로 해당 전장으로 인원들이 투입되는 것이었다. 물론 사전에 투입된 인원들에 비해 강한 이들이었다.

당연히 처음 투입된 낭인들에게 있어서는 항거 불능의 상대들이었다.

처음 투입된 인원들이야 어찌어찌 뭉쳐서 막아 낼 수 있었다 해도 이후 투입되는 인원들은 못해도 이류에서 일류 초입의 무인들이었기 때문이었다.

하다못해 이류라도 다 같은 이류가 아니었다.

이전과는 달리 정도맹과 전마성 모두 사생결단을 내려는 듯 사전에 투입된 낭인들을 물리지 않고 계속 무인들을 전장으로 밀어 넣었다.

자연스럽게 실력에서 도태되는 낭인들은 속절없이 쓰러지기 시작했다.

양측 무인들은 실력에 맞는 상대를 공격하면서도 마치 청소라도 하듯 상대편 낭인들을 향해 공격을 늦추지 않았다.

물론 그런 와중에도 장무위와 그의 일행들은 눈치껏 전장을 살피며 유리한 방향으로 우르르 몰려다녔다. 이것 역시 장무위의 전장 본능에 따른 것이었다.

전투에 이기든 지든 자리를 잘 고르면 안전할 수 있다는 장무위의 지론대로, 어느 정도 팽팽해지자 굳이 칼을 휘두르지 않아도 되게 되었다.

"이거 처음과 달리 너무 한산합니다."

막우가 얼떨떨한 표정으로 말하자 장무위가 피식 웃으며 대답했다.

"전투가 벌어진다고 해서 전부 칼질을 하는 게 아니야. 마찬가지로 패하는 쪽이라 해도 아까와 같은 경우가 아니라면 일부 지역에서는 승기를 잡다가 물러설 수도 있고."

"예."

"그리고 줄 잘 서서 뛰어다니면 칼 한 번 휘두르지 않고 전투가 끝나기도 한다."

소규모 전투라면 또 모르지만, 지금과 같은 대규모 전투에서는 그런 경우가 많이 벌어진다. 그때 장무위가 갑자기 함성을 질렀다.

"우와아아아!"

"이야아아!"

장무위가 함성을 지르자 막우도 따라 함성을 질렀고, 능천과 백경숙은 한숨을 지르는 척 입을 벙긋거렸다.

그 둘은 차마 장무위나 막우처럼은 하기 어려운 모양이었다.

장무위가 함성을 지르는 순간은 또다시 이동해야 하는 순간이었다.

안전한 곳으로 말이다.

"역시 전마성도 이제는 물러설 생각이 없군."

남궁정천이 전장을 살피며 중얼거렸다.

"예상했던 바 아닙니까."

황보웅 역시 그의 말에 덤덤하게 대꾸를 하자 남궁정천이 고개를 끄덕이며 말했다.

"그렇지. 여기서 밀리면 바로 본성이니 여기서 결착을 보려 하겠지."

"이제 슬슬 실력자들이 나서겠습니다."

"으음…… 그렇군. 나오는군."

"혈마단!"

전마성 본진에서 혈마단이 몰려나오기 시작했다. 기습과

타격에 특화된 혈기조와는 달리, 한 방 싸움이 벌어질 때 결과를 만들어 내는 부대가 바로 혈마단이었다.

"정무단을 투입시켜라!"

혈마단이 투입되는 순간 정무단이 투입되었다.

전마성에 혈마단이 있다면 정도맹에는 정무단이 있었다.

양측 다 일류 고수로 구성되어 있었다.

간간이 이류 끝자락의 무인들도 있었지만, 일류라 봐도 무방한 실력자들이었다. 그리고 그 사이사이로 절정이라는 경지의 무인들이 적을 향해 날아올랐다.

그 선두에서 화려한 신법을 펼치며 날아오르는 이를 본 남궁정천이 감탄 어린 시선을 보내며 물었다.

"현 정무단주가 군자 매화검이지?"

"최근에는 매화광검이라 불리기도 하더군요. 원래 그런 친구가 아니었는데."

"허허."

황보웅의 중얼거림에 남궁정천이 너털웃음을 터트렸다.

"팔다리 다 떼고 몸뚱이만 남겨 주마!"

"와아아아!"

정무단을 이끄는 군자 매화검 현도의 외침에 그를 알아본 전마성 무인들이 서로 경고를 해 주었다.

"매화광검이다! 조심해라!"

"뒤에 화산 삼견도 있다!"

"어떤 자식이 삼견이래!"

전마성 무인들 사이에서 울려 퍼진 소리에 현도의 뒤를 따르던 청수, 청운, 청풍이 발끈했다.

화산의 세 마리 개.

다른 의미가 아니라 그 싸우는 방식이 개처럼 끈질기게 물고 늘어진다고 해서 붙은 이름이었다.

아직 절정도 아닌 그들이 척살한 절정의 고수가 한둘이 아니었다.

물론 일대일은 절대 아니었다.

항상 셋이 우르르 몰려다니며 상대했다. 물론 그렇다 해서 절정 고수가 일류 고수에게 죽을 정도의 실력인 것은 아니다. 하지만 이 셋에게 걸리면 꼭 결과가 안 좋았다.

일단 셋은 만만한 상대를 고른다.

어딘가 상처를 입었다든지 자잘한 검상이 좀 있다든지 하는 상대에게 들러붙어 집요하게 괴롭힌다.

그중에서도 유명한 행동 하나는 소금 투척이다. 쉽게 말해 상처가 드러난 고수에게 처음부터 소금을 뿌리는 것이다.

물론 절정의 고수가 상처에 소금이 닿는다고 해서 죽거

나 참지 못할 만한 아픔을 느끼지는 않는다.

그런데 이게 일차적으로는 성미를 돋우면서, 또 약간의 당황스러움을 가져온다.

구대문파의 검종이라 불리는 화산의 제자가, 소금을 뿌려 댄다는 것 자체가 어이없는 일이다.

일전에 당한 전마성 고수가 피 토하는 심정으로 외친 말이 있었다.

'네놈, 화산파 제자가 맞느냐!'

그 말에 그들은 이렇게 답했다.

'맞으면 어쩌고, 또 아니면 어쩌려고?'

복장을 긁는 대꾸였다.

심지어 그렇게 상대하다 힘이 모자란 듯싶으면 같은 정도맹의 절정 고수 곁으로 물러난다.

일종의 유인이다.

그러면서 그 절정 고수를 상대하는 전마성 고수에게 몰래 다가와 뒤치기한다.

그렇게 당한 전마성의 절정 고수가 다섯이나 된다.

한두 번이면 우연일 수 있지만 다섯 번 정도 되면 의도한 일이다.

그래서인지 언제부턴가 전마성에서는 그들을 화산 삼견(三犬)이라는 이름으로 부르기 시작했다. 그만큼 성과가 뚜

렷했다.

물론 지저분하기만 해서는 아니다.

언제라도 절정에 오를 수 있다는 평을 듣는 세 사람이었다. 그들의 나이를 생각했을 때 정말 어마어마한 성장이었다.

이미 후기지수 반열을 넘어서기 시작했다는 의미였다.

물론 각 문파의 절대적 지지를 받아 성장한 이들도 있기는 하지만 성과에서 차이가 났다.

그들은 철저한 실리 위주의 전투에서 그 누구보다도 빛을 발했다.

"저놈들부터 정리하자!"

그중 청수가 빠르게 몸을 날렸다.

그가 달려든 곳에는 전마성의 낭인 무리가 있었다. 그들을 침으로써 적진에 혼란을 만들기 위함이었다. 또 그들이 노릴 만한 이를 찾기 위한 숨 고르기이기도 했다.

"피, 피해!"

"어딜!"

순간 난입한 세 사람의 검격에 전마성 낭인들이 우수수 쓰러졌다.

간간이 하급 무인들이 달려들기는 했지만, 그들을 상대하기에는 요원했다.

“어, 이 자식 봐라? 거북이냐!”

그때 청운의 눈에 둥그런 쇠 방패를 든 낭인 하나가 눈에 띄었다. 청운은 그 낭인을 향해 지체 없이 검을 날렸다.

까앙!

“어쭈?”

검기가 둘려지지 않았지만 날카롭게 떨어진 일격을 그대로 흘려 내는 모습에 청운이 가소롭다는 표정을 지었다.

“이것도 막아 봐라!”

콰콰콱!

순식간에 서너 개로 나뉜 검격이 방패를 든 낭인을 향해 떨어져 내렸다.

따다다다다당!

“허?”

연달아 쇳소리가 울려 퍼졌다.

모조리 막아 낸 것이다. 청운이 혀를 차자 다른 곳에 있던 청수와 청풍이 그에게 다가왔다.

“뭐하는 거야! 장난치지 말고 어서 처리해야지!”

“아, 사형! 이 자식 꽤 하는데요?”

“어떤 자식인데?”

“사형, 저 거북이 같은 놈 말입니까?”

청수와 청풍이 연이어 말을 붙이며 청운의 공격을 막아

낸 이를 바라보았다.

그때 방패가 치워지며 그들이 욕하던 낭인의 얼굴이 드러났다.

"거북이 같은 자식이라. 신선하구나. 오랜만에 처맞아 볼래?"

"……."

"쿨럭!"

"컥!"

순간 청운은 공황에 빠졌고, 청수와 청풍 역시 정신이 이탈하는 충격을 입었다.

그 방패를 든 낭인은 바로 장무위였다.

이들이 충격에서 벗어나기도 전에 장무위가 먼저 움직였다. 그에 놀란 청운이 황급히 공격을 막으며 외쳤다.

"자, 잠깐! 왜……!"

차앙!

공황 상태에 빠진 청운이 당황하며 물러섰다. 하지만 장무위는 공세를 멈추지 않았다.

카카칵! 카캉!

공세를 해 오는 이는 장무위뿐이 아니었다.

외팔이 검객 하나가 끼어들며 청운이 아닌 청수에게 덤벼들었다.

"마, 막우?"

"오랜만입니다."

막우가 히죽 웃으며 검을 뿌렸다.

이어 달려든 이들은 바로 백경숙과 능천이었다. 물론 능천과 백경숙은 변장을 한 상태였기에 알아볼 수 없었다. 하지만 이내 그들에게서 들려온 전음으로 그 정체를 알 수 있었다.

[오랜만입니다. 저 능천입니다.]

[오랜만이군.]

"이, 이게 어떻게 된……."

청수가 얼떨떨한 표정으로 묻자 장무위가 으르렁거리며 대꾸했다.

"닥치고 장단 맞춰라. 팔다리 확 다 꺾어 놓기 전에."

"옙!"

세 사람은 동시에 한목소리로 대답했다.

그들 역시 지금 장무위가 건성으로 공격해 오고 있다는 것을 알 수 있었다.

그게 아니라면 그들은 벌써 작살이 났을 테니까.

第五章

전장의 늪, 장무위

"이야아아아!"

챙챙챙! 챙챙챙!

치열하고 불꽃 튀는 전투가 벌어졌다.

화산 제자 세 명을 둘러싸고 전마성 무인들의 치열한 전투가 벌어지고 있었다.

"죽어, 이 자식!"

청수, 청운, 청풍을 상대로 전마성 무인들이 공세를 가하는 가운데 그 사이로 장무위, 막우, 능천, 백경숙이 섞여 있었다.

"죽어!"

전마성 무인이 청운의 빈틈을 향해 칼을 휘둘렀다.

"헛!"

순간 청운이 헛바람을 집어삼켰다. 하지만 그때 청운의 틈을 노리던 무인이 갑자기 비틀거렸다. 동시에 청운은 오히려 그 전마성 무인의 목을 베어 내었다.

목덜미에서 피가 솟구치며 쓰러지던 전마성 무인이 원망 어린 시선을 돌렸다.

그 시선 끝에는 장무위가 있었다.

[정신 차려라, 두 번째 살려 줬다.]

달려들던 전마성 무인의 허리춤을 장무위가 슬쩍 잡았던 것이다.

[전마성 놈들을 잔뜩 끌어모으신 게 누구신대요!]

[확 안 도와줄까?]

장무위의 으름장에 청운이 반항했다.

[그럼 저도 어르신이 여기 있다고 외칩니다!]

[니가 외치는 게 빠르겠냐, 내가 빠르겠냐?]

[……열심히 하겠습니다.]

청운은 절망 어린 눈빛으로 사방에서 날아오는 칼을 상대해 나갔다.

'적어도 죽도록 놔두지는 않겠지.' 라는 한 줄기 희망을 가슴에 품고서 말이다.

지금의 상황은 바로 장무위가 만들어 낸 것이었다. 청 자 배 제자 셋을 만나는 순간, 장무위는 옳다구나 하고 그들에게 들러붙었다.

그리고 버티는 척하면서 전마성 무인들을 끌어모았다. 그렇게 시간 끌기를 시작했다.

당연히 청 자 배 제자들은 몸을 빼지도 못하고 그 자리에서 전마성 무인들과 싸우기 시작했다. 전장을 옮기지 못하니 계속해서 적들이 불어났다.

그렇다고 몸을 빼서 정도맹 무인들이 있는 곳으로 움직이지도 못한다.

장무위 때문에.

혹시라도 장무위가 딸려 가면 그때는 정말 정도맹에서 자연재해가 아닌 장무위에 의한 인간재해가 펼쳐지게 된다.

다행히 전마성 무인들과 싸우는 도중 위험해질 때마다 지금처럼 장무위가 몰래몰래 도와주어 하나씩 적을 줄일 수 있었다.

하지만 암울했다.

버티는 만큼 점점 강자들이 그들에게 달려들고 있었기 때문이었다.

"저 녀석들이!"

전마성 무인들을 쓸어 가던 현도는 주변에 청수와 그 사제들이 보이지 않자 사방으로 시선을 돌렸다.

그때 전마성 진영으로 깊숙이 들어가서 포위되다시피 한 채 싸우고 있는 그들의 모습을 목격한 것이다. 지금까지는 이런 적이 없었다.

적이 붙이긴 했지만, 삼견이라는 별호를 얻을 정도로 머리를 잘 쓰며 싸워 왔던 그들이었다. 장무위와 생활하며 비약적으로 늘어난 실전 경험과 또 몸에 익힌 실리적인 전투 방식은 그들이 항상 전장에서 살아남을 수 있었던 원동력이었다.

그 덕에 적에게는 삼견이라 불리지만 정도맹 쪽에서는 삼웅(三雄)이라 불렸다.

세 명의 영웅이라는 의미로 말이다.

그런데 지금 저렇게 사지에 들어가 있다는 것 자체가 이해가 가지 않았다.

"헛!"

그때 현도의 입에서 놀란 음성이 튀어나왔다.

절정의 경지에 올랐다 알려진 전마성 소속 고수가 뛰어들었기 때문이었다.

아무리 청수, 청운, 청풍 셋이 여러 차례 절정의 고수를 상대해 승리를 거두었다고 하지만, 저렇게 적들에게 포위된 상황에서는 위험하기 짝이 없는 광경이었다.

현도가 황급히 몸을 날리려는 순간 믿지 못할 일이 벌어졌다.

"크어억!"

방금 그들 사이로 뛰어들었던 절정의 고수가 청수, 청운, 청풍의 검에 연달아 맞으며 비명을 내질렀던 것이다.

"뭐, 뭐지……?"

도저히 이해할 수 없는 노릇이었다.

이겨 냈다는 것은 둘째 치고 너무도 빨랐다.

이어 절정 고수의 목이 청운에 의해 떨어져 나갔다.

"와아아아! 화산 삼웅 만세!"

몇몇 정도맹 무인들이 이 광경을 보았는지 함성을 내질렀다. 그 순간 현도의 몸이 딱딱하게 굳어져 갔다.

전마성 무인들 사이에 있어서는 안 될 인물이 끼어 있는 게 눈에 들어왔기 때문이었다.

"어, 어르신……?"

장무위가 그를 슬쩍 바라보며 웃고 있었다.

"클."

조금 전 절정 고수가 뛰어들자마자, 바닥에 있던 검을 슬찍 밟아 세웠다.

어이없게도 그 고수는 착지와 동시에 검 끝이 항문을 파고드는 상황을 맞이하게 되었다. 그리고 그 순간을 청 자 배 제자 셋은 놓치지 않았다.

"와아아아! 화산 삼웅 만세!"

그들을 원호하는 외침이 울려 퍼졌다. 그 소리를 들으며 셋은 차마 겉으로는 티를 내지 못하고 속으로만 욕을 했다.

'하지 마! 더 온다고!'

이목이 집중되면 집중될수록 그들에게는 헤어나기 힘든 난관이 중첩된다. 몸을 뺄 수도 없는 지금 그것만큼은 절대로 일어나서는 안 되는 일이었다.

그때 한 줄기 전음이 울려왔다.

[어, 어떻게 된 거냐!]

현도의 전음이었다.

청운은 울상을 지으며 대답했다.

[어, 어르신께서…….]

[왜 거기에 무위장주께서 계신 거냐!]

[모르죠! 무위장주님뿐 아니라 막우와 북빙 그리고 능천까지 있습니다! 전마성 낭인 옷을 입고 말입니다!]

[…….]

청운의 전음에 현도는 할 말을 잊은 듯했다.

[그럼 지금…….]

[저희도 빠져나가고 싶습니다. 도와주십시오!]

[…….]

또다시 현도의 대답이 없어졌다. 다급해진 청운이 다시 외쳤다.

[제발!]

[힘내거라!]

[사, 사숙! 사숙!]

더는 현도에게서 돌아오는 전음은 없었다.

청 자 배 제자들의 선전 덕분에 정도맹 무인들의 기세가 등등해졌다.

"삼웅을 도우러 가자!"

"와아아아!"

"정도맹 놈들을 막아!"

"삼견을 어서 처리해!"

정도맹 무인들이 청수 일행을 돕기 위해 몸을 날리자 전마성 무인들도 더욱 몰려들었다. 고작해야 세 명인데 그 셋을 어찌하지 못했다는 게 치욕이기 때문이었다.

심지어 절정 고수 하나까지 죽어나가지 않았는가.

일이 점점 커지자 현도 역시 어쩔 수 없는 마음으로 그곳에 뛰어들었다.

이곳이 전쟁에서 돌풍의 핵처럼 되어 버린 것이다.

[이야, 오랜만이야?]

[예.]

장무위의 반가운 전음에 현도는 굵고 짧게 대답했다.

[적당히 시간 좀 끌게 서로 돕자고.]

[예.]

현도는 하고 싶은 말을 줄였다. 하고 싶은 말들이 전부 욕이었기 때문이었다.

전장을 살피던 갈천극이 어이없다는 표정으로 전장을 살피다가 입을 열었다.

"누군가?"

"화산 삼견이라고…… 싸락골에서 장무위와 함께 기거하던 청 자 배 무인들입니다."

"또 싸락골이군."

갈천극이 기가 차다는 듯이 피식 웃음을 흘렸다. 보고를 올린 위지무 역시 속으로 한숨을 내뱉었다.

싸락골이라면 이제는 정말 지긋지긋했기 때문이었다.

"사기가 말이 아니야. 지금까지는 어쩔 수 없었다지만, 이 전투는 다르지."

갈천극의 얼굴 위로 분노가 스멀거리며 올라왔다.

"혈마단을 그쪽으로 돌리겠습니다."

"혈마단주는?"

"지금 말입니까?"

"어차피 한 번 쓸 패. 지금 쓰지."

갈천극의 말에 위지무가 얼굴을 굳히며 대답했다.

"알겠습니다."

고개를 숙인 위지무가 전음을 날렸다.

"허? 이거 상황이 참……."

남궁정천이 혀를 찼다. 전장의 무인들이 한곳으로 집중되기 시작했기 때문이었다.

"아무래도 저곳의 승부가 중요하게 된 것 같습니다."

"그렇군."

황보웅의 대답에 남궁정천도 동의한다는 듯 고개를 끄덕였다.

"혈마단이 저쪽으로 이동 중입니다!"

"우리도 대응하게."

"알겠습니다."

전장의 기세가 한 점을 향해 쏠리고 있었다. 그곳을 바라보며 남궁정천이 너털웃음을 흘렸다.

"허헛, 마치 늪 같구나."

그의 눈에는 그 지점이 전장의 모든 것을 빨아들이는 늪처럼 보였다.

그때 전장을 울리는 괴음이 터져 나왔다.

—어허어엉!

"으음."

"저건……?"

거대한 포효에 남궁정천과 황보웅의 미간이 살짝 찌푸려졌다.

그 포효 속에 감추어진 내력이 심상치 않았기 때문이었다.

"누군가."

"확실하지 않습니다."

그때 전장을 살피던 무인 하나가 바쁘게 뛰어 올라왔다.

"혀, 혈마단주가 나타났습니다!"

"혈마단주가?"

싸락골에서 반죽음당해 사라진 혈마단주다.

이미 죽었거나 적어도 폐인이 되었으리라 분석을 했는데 갑자기 그가 나타났다니 놀라지 않을 수가 없었다.

게다가 지금 포효에 섞인 내력이 적지 않았다.

"으음."

혈마단주라면 원래도 초절정의 고수다.

그런데 지금의 내력으로 봐서는 화경이라 해도 모자람이 없게 느껴졌다. 그렇다고 지금 그들이 뛰어들기에는 갈천극에 대한 부담이 컸다.

"걸왕 어르신을 모실까요?"

황보웅의 질문에 남궁정천이 질문으로 답했다.

"걸왕이 현도와 가깝지?"

"예. 싸락골에서부터 연이 깊어졌습니다."

"기다리게."

"매화광검이 감당하도록 말입니까?"

"응?"

"아, 군자 매화검 말입니다."

황보웅이 별호를 정정하자 남궁정천이 고개를 끄덕였다.

"그래야지."

"걱정이 됩니다만."

"걸왕이 알아서 움직일 걸세."

이제야 그들의 사이를 물어보았던 이유를 알 수 있었다. 황보웅이 미소를 지으며 대답했다.

"그렇군요."

—어허어엉!

"귀 따갑게."

전장을 뒤흔드는 포효 소리에 장무위가 미간을 찌푸리며 투덜대었다. 하지만 그 투덜거림도 뒤이어 들려온 목소리에 묻혀 사라져 버렸다.

"혈마단주다!"

"혈마단주가 나타났다!"

순간 장무위의 얼굴이 빠르게 굳었다. 그리고 딱딱하게 굳은 얼굴 위로 스멀거리며 살기가 뻗어 나오기 시작했다.

이는 막우도 마찬가지였다.

막우는 지금 당장에라도 달려 나갈 것처럼 얼굴이 붉게 달아올라 있었다.

"혈마단주."

백경숙이 마른침을 삼키며 그 이름을 중얼거렸다. 그녀뿐만이 아니었다.

청 자 배 제자들도, 능천도, 현도도. 모두 장무위와 막우를 주시했다.

다른 사람들은 몰라도 이들은 왜 장무위와 막우가 이곳까지 왔는지 알고 있기 때문이었다.

그때 막우의 입이 열렸다.

"어르신."

"왜."

"한 가지 여쭤 보고 싶습니다."

"뭔데."

막우가 울분에 찬 얼굴로 질문을 던졌다.

"제가 상대할 수 있을까요?"

막우는 질문을 하면서도 입술을 꽉 깨물고 있었다.

이미 스스로도 답을 알고 있지만, 그것이 분한 모양이었다. 장무위는 막우가 짐작하고 있던 대답을 내놓았다.

"혼자서는 죽기 딱 좋지."

"정말 안 되는 겁니까?"

막우의 반문에 장무위가 고개를 저으며 대답했다.

"너 뒈지라고 끌고 온 거 아니다."

"크윽!"

막우의 얼굴 위로 울분이 솟구쳤다.

지금 막우의 실력은 절정을 넘어섰다. 이제는 초절정으로 가는 초입이라 해도 과언이 아니었다. 잠폭단이 그의 모든 내력과 잠재력을 개방해 주면서 얻은 기연이었다.

또 끝없이 이어지는 잠폭단의 효능을 누르기 위해 장무위가 가지고 나왔던 영약의 사분지 일이 들어갔다.

말이 쉬워서 사분지 일이지 실제로는 엄청난 분량이었다.

어른 머리통만 한 크기의 단지에 콩알만 한 영약이 가득했다. 매일 한 알씩 몇 년 이상을 섭취할 수 있는 분량이기에 그 정도였다.

그중 일부는 장무위가 열심히 팔아먹었지만, 그래도 수량은 백 개 정도가 다였다. 두 줌이 조금 넘는 양이었다.

그런데 막우는 그보다 더 먹어 버린 것이다.

산술적으로는 몇백 년 치 내력이 쌓여야 하지만 장무위가 가지고 있던 영약은 그 특성상 일정 개수를 넘어가면 효력이 뚝뚝 떨어진다.

장무위도 그것을 알기에 몇 알씩 팔아먹었지만 말이다.

하지만 막우는 조금 달랐다.

영약의 효과와 잠폭단의 효과가 뒤섞이면서 내력만으로는 남부럽지 않은 수준이 되었다. 물론 그렇다 해도 아주 손실이 없는 것은 아니었지만 말이다.

현재 막우는 내력만으로는 현도 이상이었다.

하지만 무인의 경지라는 것이 내력량으로만 결정되지는 않는다.

막우에게는 아직 깨달음이라는 게 찾아오지 않았다. 그게 지금 막우의 한계였다.

"크흐흑!"

울분을 토하는 막우를 보면서도 장무위는 별다른 감흥이 없는 듯 말을 이었다.

"그러니 넷이 해라."

"예?"

"넷이 붙으라고."

이어진 장무위의 말에 막우는 얼떨떨한 표정을 지었다. 대체 무슨 소리인지 이해가 안 가는 얼굴이었다.

백경숙과 능천을 포함해도 셋이었다.

게다가 문제는 지금 백경숙과 능천이 따라와 싸우고는 있지만 그들은 본격적인 실력을 보이면 안 된다는 점이었다.

그들의 소속은 북천궁이었고, 북천궁은 엄연히 중립 세력이었다.

괜히 여기서 변장하고 있는 게 아니었다. 지금 이 자리에 와 있는 것만 해도 엄청난 짓을 하고 있는 셈이었다.

멍한 표정을 짓고 있는 막우를 장무위가 손가락으로 가리키며 말문을 열었다.

"하나."

이어 장무위의 손가락이 옆으로 이동했다.

"둘, 셋, 넷. 맞잖아, 넷."

"……."

장무위가 세 명을 더 가리켰다. 그가 가리킨 방향에는 처절하게 사투를 벌이고 있는 삼인이 있었다.

바로 청수, 청운, 청풍. 화산의 세 사형제들이었다.

"할 수 있지?"

묻기는 덤덤하게 물어 왔지만 그 표정은 사뭇 달랐다.

까만 눈동자 안에 이글이글 타오르는 눈빛이 들어 있었다.

그것은 지울 수 없는 분노.

이 양보조차 아깝다는 표정이었다. 마치 막우가 말을 꺼내지 않았다면 내주지 않았을 것이라는 듯한 얼굴.

"하겠습니다."

막우는 결연한 표정으로 대답했다.

그리고 그들의 대화를 듣고 있던 백경숙은 안타까운 시선을 던졌다. 물론 막우를 본 것은 아니었다.

여전히 처절하게 싸우고 있는 청수, 청운, 청풍, 이 세 사람을 본 것이었다.

'어쩌다 눈에 띄어서…….'

"음."

빠르게 날아오는 혈마대주의 모습을 보며 현도가 얼굴을 굳혔다.

그를 막을 이는 아무래도 자신밖에 없다고 생각했기 때문이었다. 하지만 목소리에 담긴 내력이 결코 자신의 아래는 아니었다.

싸락골 이전이었다면 분명 그를 상대할 수 없었을 것이었다.

피식.

갑자기 웃음이 새어 나왔다.

또다시 싸락골이 떠올랐기 때문이었다. 그뿐 아니라 사질들인 청 자 배 제자 셋 역시 싸락골 이전과 이후가 엄청나게 달랐다.

그때 그의 귓가로 전음이 울려왔다.

[많이 늘었네?]

[어, 어르신!]

전음의 주인공은 장무위였다.

[저놈 건들지 마.]

장무위가 저놈이라고 할 만한 이는 하나뿐이었다. 지금 빠르게 다가오고 있는 혈마대주, 그뿐이다.

싸락골에서 있었던 일의 전말을 전해 들은 현도로서는 이해가 안 가는 말도 아니었다.

[알겠습니다.]

[그래. 애들이 알아서 하라고 하자고.]

[애들이요?]

순간 현도가 장무위를 돌아보았다. 현도는 어느 한쪽을

응시하고 있는 장무위의 모습에 자신도 모르게 시선을 이동시켰다.

그리고 빠르게 얼굴이 굳어지는 것을 느꼈다.

[걔들이랑 막우가 알아서 할 거다.]

[……막우.]

현도가 막우를 바라보았다.

한 팔은 어디로 갔는지 없었다. 그런데 뭔가 이전과는 달랐다.

'절정? 그것도 끝자락?'

팔이 없는 소매가 펄럭이기 시작했다. 동시에 엄청난 내력이 그에게서 느껴졌다.

'내, 내력이……?'

느껴지는 무공 수위는 절정이 맞았지만, 풍겨지는 내력이 심상치 않았다. 막우가 회복 과정에서 영약의 도움을 많이 받았다는 이야기는 걸왕을 통해 대충 들었다.

하지만 이 정도일 줄은 몰랐다.

장무위가 막무가내로 무모한 일을 시키는 것이 아니라는 의미.

현도는 생각을 정리하고 대답했다.

[……알겠습니다. 그런데 어르신은?]

장무위가 무엇을 기다리는지 궁금했다.

싸락골의 참화를 일으킨 이는 다름 아닌 혈마대주다.

그런 이를 양보하는 모습에 뭔가 다른 것을 노리고 있음을 알아챘기 때문이었다.

[저놈이 미쳐서 지 마음대로 싸락골을 왔겠어?]

그 한마디에 장무위가 무엇을 노리고 이곳에 왔는지 알 수 있었다.

[명령 내린 새끼를 조져야지.]

[설마!]

[설마는 개뿔.]

그렇게 퉁명스러운 전음을 날린 장무위가 천천히 몸을 돌렸다. 그곳에 전마성주의 깃발이 전장을 향해 그 모습을 드러내고 있었다.

남궁정천이 전마성주의 깃발을 바라보며 굳은 얼굴로 입을 열었다.

"드디어 나타나는구먼."

"혈마대주가 나왔으니 이제 마지막 일전만이 남았겠지요. 원로원들도 죄 몰려나온 듯합니다."

황보웅도 약간의 긴장감을 느끼는지 역시 굳어진 얼굴로 대답하고 있었다. 남궁정천이 그의 말을 받았다.

"더는 원로원 고수들을 아낄 상황이 아닐 테니까."

“우리 쪽도 움직이는군요.”

황보웅이 시선을 돌리자 먼 거리지만 눈에 들어오는 이들이 있었다.

바로 걸왕과 소요검선이었다.

그들이 원로원의 고수와 갈천극 이외에 더 있을지 모르는 화경의 고수를 맡아 줄 것이다.

사실 지난 전투에서 전마성은 화경의 고수를 내보내지 않았다.

일차 정마대전에 비해 화경의 고수가 비약적으로 많아졌다지만, 전마성의 경우에는 이 전쟁이 시작되기 전에 소모한 화경, 즉 극마의 고수들이 적지 않았다.

싸라골에서 희생된 셋.

만약 그들이 싸라골에서 소모되지 않고 이 전쟁에 끼어들었다면 꽤나 버거웠으리라.

그런 면에서는 걸왕과 소요검선이 고마웠다. 또 그들에게 도움이 되었을 그 장무위라는 이 역시 고마웠다.

그들 덕에 남궁정천과 황보웅이 기회를 얻을 수 있었으니 말이다.

그때 전장을 다시 살피던 황보웅이 살짝 놀란 음성을 터트렸다.

“응?”

"왜 그러는가?"

황보웅의 놀란 목소리에 남궁정천이 고개를 돌리며 물었다. 그러자 황보웅이 안타깝다는 표정으로 대답했다.

"젊은 친구들이 만용을 부리는군요."

"어허."

남궁정천이 황보웅의 말에 탄식으로 대답을 대신했다. 그들의 시선 끝에 화산 삼웅이라 불리는 젊은 무인 셋이 혈마단주를 막아서는 모습이 들어왔기 때문이다.

"크르르륵."

혈마단주 지전태가 붉어진 눈으로 그의 앞을 가로막은 셋을 바라보았다.

그들은 바로 청수, 청운, 청풍 세 사람이었다.

"미쳐 버리겠다."

"사형, 저도 동감입니다."

"대체 제가 여기서 왜 이러고 있는지 모르겠습니다. 보는 것만으로도 다리가 후들거립니다."

청수와 청운 그리고 청풍의 말이 차례로 이어졌다.

그런 그들을 향해 혈마단주가 포효를 터트리며 달려들었다.

第六章

복수의 시작

세 사람을 절망에 이르게 하는 한 마디.

[가라!]

목적지를 생략한 장무위의 그 한 마디를 들은 세 사람은 동시에 같은 곳을 떠올렸다.

저승.

"젠장. 저걸 어떻게 상대하라고!"

청수가 비명 섞인 외침을 터트리자, 청운이 막 나간다는 표정으로 되받았다.

"씨파, 뒤지라는 거지."

"사형들, 저놈 눈 돌아간 거 보십쇼!"

이런 표현이 있다.

'보기만 해도 살 떨린다.'

지금 상황이 딱 그랬다. 달려드는 혈마단주 지전태의 위용은 가만히 있어도 오줌을 지리게끔 하는 그런 두려움을 안겨 주고 있었다.

"온다!"

청수가 침을 꿀꺽 삼키며 외쳤다.

굳이 그가 말을 해 주지 않아도 지전태는 셋 따위는 안중에도 없다는 기세로 거침없이 달려들고 있었다.

그 순간 그들을 스쳐 지나가는 인형이 하나 있었다.

피에 절은 펄럭이는 천 하나가 청운의 코끝을 간질였다.

'외팔?'

소매가 펄럭인다는 것. 그것은 팔이 없다는 의미. 지금 여기에서 팔이 없는 이라면 단 하나.

"막우!"

한 손에 검을 부여잡은 막우가 빈 소맷자락을 펄럭이며 그들의 앞을 가로막았다.

"위, 위험!"

놀란 청운이 채 외치기도 전에 지전태의 거도가 막우의 머리를 향해 떨어져 내렸다.

콰콰콰쾅!

수직으로 떨어져 내린 지전태의 거도는 막우가 서 있던 자리를 완전히 헤집어 놓았다. 하지만 청운 그리고 청수와 청풍의 눈은 지전태의 괴력이 드러난 그 흔적을 보지 않고 있었다.

막우는 지전태의 왼쪽으로 빠지며 검을 뿌렸다.

짧게. 그리고 피가 튀었다.

좌아악!

"크아아!"

지전태의 입에서 비명인지 괴성인지 모를 소리가 터져 나왔다. 그의 옆구리에는 막우가 만들어 낸 작은 검상 하나가 피를 뿌리고 있었다.

사실 검상이라고 해 봐야 지전태 입장에서는 작은 생채기에 지나지 않았다. 하지만 그게 중요했다.

막우가 지전태의 몸에 상처를 만들었다는 것.

지전태의 거도가 횡으로 그어지며 도기를 뿜어내었다. 동시에 세 사람은 검기를 일으켜 도기를 막아 냈다.

하지만 역시나 그 괴력이 어디 가는 것은 아니었다.

콰콰쾅!

"크윽!"

"큭!"

"뭔, 힘이……."

세 사형제가 주룩 하고 밀려가는 사이 막우의 검이 빠르고 간결하게 움직였다.

서걱! 석! 서거걱!

검날이 지전태의 온몸을 누비며 검상이 덧대어졌다.

물론 크지 않은 상처들뿐이었다. 하지만 막우는 처음부터 지전태를 일격으로 이겨 낼 수 있을 거라고 생각하지는 않았는지 침착하기 그지없었다.

"그런데 원래 저렇게 강했나?"

광분한 지전태가 거도를 이리저리 휘두르고 있었고, 막우는 아슬아슬하지만 검으로 그의 공격을 흘려 내면서 간간이 반격을 하고 있었다.

"약 먹었다더니……."

청 자 배 제자들도 그가 어떤 상황을 겪었는지는 대충 알고 있었다. 그들 역시 싸락골의 일을 전해 듣고는 한동안 마음 한구석이 무거웠었기 때문이다.

싸락골의 일행들과 그들 사이에는 공통점이 있었다.

다 장무위에게 들들 볶이며 살아가는 인간 군상이라는 점. 그리고 또 잠깐이지만 현도의 가르침을 함께 받았다는 것.

그게 그들의 마음을 무겁게 만들었다.

그런데 그때의 막우와 지금의 막우는 달랐다.

검에서 어떤 현묘함까지 느껴졌다. 물론 그 현묘함 밖으로 드러나는 처절함과 간결한 움직임은 장무위의 모습과도 닮아 있었다.

실리적이라면 실리적인 모습.

하지만 그것만으로도 설명하기 힘든 느낌이 담겨 있었다. 마치 화산의 매화검처럼…….

"꼭 삼재검 같지 않아?"

그 모습을 보던 청수가 멍하니 말을 내뱉자 청운이 픽 웃으며 대꾸했다.

"에이, 그런 식으로 따지면 삼재검 같지 않은 검이 어디 있……."

그렇게 투덜대던 청운의 말꼬리가 급격히 줄어들었다. 그리고 그는 청수와 청풍이 자신을 바라보고 있다는 것을 느끼고 그들을 돌아보며 외쳤다.

"설마!"

조화검신.

그리고 조화검신의 옛 이름…… 삼재검신.

"설마……!"

쵀라라락!

투박하고 단순해 보이지만, 검이 담을 수 있는 가장 기본적이며 적절한 연환식이 담긴 검술이 지전태를 향해 수놓

아지고 있었다.

그건 장무위의 성격과는 동떨어진 검식이었다.

바로 삼재검신의 유전이었다.

이를 악문 청수가 검을 단단히 부여잡고 그 어우러짐 속으로 달려들었다.

"가자!"

"예! 사형!"

"오늘 역사 한번 써 보자!"

청수의 뒤를 따라 청운과 청풍이 기세를 높이며 달려들었다.

"응?"

혈마단주가 나타난 곳을 바라보던 걸왕의 눈이 휘둥그레졌다.

"허어? 막우 아닌가!"

옆에 있던 소요검선 역시 놀란 음성을 터트렸다.

막우였다. 듣던 대로 한 팔이 없는 모습이기는 했지만 분명 막우였다.

그 막우가 지금 청 자 배 제자 셋과 함께 지전태를 막아서고 있었다. 아니, 단순히 막아선 것이 아니라 승부에서 밀리지 않고 있었다.

"저놈이 왜 저기에서 튀어나와!"

걸왕이 놀라 외쳤다. 막우가 있다는 것은 바로 장무위가 있다는 의미였다.

"목소리 낮추게."

"그……."

주변을 둘러보자 정도맹의 무인들이 어리둥절한 얼굴로 걸왕을 바라보고 있었다. 그들 역시 갑자기 나타난 외팔이 검객을 보며 의아해하던 차였다.

"그런데 저거 저 옷, 전마성 낭인들이나 입는 거 아니오?"

걸왕이 나지막이 속삭이자 소요검선이 너털웃음을 터트렸다.

"허허허, 저러니 찾지를 못했지."

소요검선의 웃음소리를 들으며 걸왕 역시 허탈한 표정으로 전장을 응시하고 있었다. 그런 걸왕의 어깨를 소요검선이 툭 치고 말했다.

"이제 우리도 슬슬 나서야 할 때가 되었네."

소요검선이 턱짓으로 가리킨 방향에서는 전마성 원로원 고수들이 전장을 향해 한발 일찍 몰려나오고 있었다.

고개를 끄덕인 걸왕이 소요검선과 함께 몸을 날렸다. 그러자 그 뒤에 함께 대기하고 있던 정도맹의 수호단 소속 고수들이 그들을 따라 몸을 날렸다.

"저건?"

전마성 낭인으로 보이는 이가 혈마단주 지전태의 앞을 막아서자 멀찍이 서서 바라보고 있던 혈불노가 놀란 눈을 했다.

"으음. 저놈도 살아 있었던가?"

구유검존 역시 놀란 기색이었다.

제법 멀찍이 떨어져 있지만, 구별이 안 될 정도는 아니었다. 게다가 꽤 인상에도 깊게 남아 있다.

고작 일류밖에 안 되는 실력이면서 초절정 고수인 지전태를 기상천외한 방법으로 물 먹였던 그 기억은 오래 남을 수밖에 없었다.

"으음…… 저놈이 왜 저기에 있지?"

"복수라도 하려고 했겠지요."

"그런데 왜 전마성 낭인들이나 입는 옷을 입고 있느냐는 말이네."

"그야……."

연이은 구유검존의 질문에 혈불노는 딱히 뭐라 할 말이 없었다.

생각해 보니 복수를 하려면 정도맹에 속해 있으면 될 일이었다. 게다가 지금 보니 잠폭단 이후 기연을 얻었는지 그 때와는 실력이 달랐다.

"혹시 지금 같은 상황을 기다리려고 한 것 아닐까요?"

"으음. 그럴 수도 있기는 한데."

복수를 위해 적이 있는 곳까지 침투한다. 지금의 상황을 보면 가장 가능성이 높은 추론이었다.

하지만 구유검존의 표정은 별로 좋지 못했다.

"허, 이런. 또 허탕인 건가?"

그들이 처리하기로 한 이는 막우가 아니었다.

바로 장무위였다. 그들이 알기로 장무위는 화경을 넘어선 고수였다. 그런 고수가 뒤통수를 치기 위해 적진에 숨어든다고 보기는 어려웠다.

그런 건 실력이 모자라는 이들이나 부리는 꼼수였다. 지금 저 막우처럼.

여기까지 생각이 미친 그들의 얼굴에는 허탈함이 가득했다. 지금 이곳에 장무위가 있었다면 막우가 저런 모습으로 나타날 리 없다는 생각이 든 것이었다.

"이런, 참. 어이없어졌습니다."

혈불노가 허탈하게 대꾸하자 구유검존이 고개를 끄덕이며 뒤돌아보았다.

"어찌할까요."

그가 질문을 던진 이는 바로 인검이었다.

"맥 빠지기는 하지만 기다리세."

인검의 대답에 구유검존과 혈불노는 고개를 끄덕였다.

온몸이 저릿저릿했다.

검을 이용해 강력한 힘을 퉁겨 내는 것이 최선이었다. 막는다는 것은 생각조차 하지 못할 만큼 강력한 일격들이었다.

하지만…….

"놈!"

막우의 눈동자에는 불길이 일고 있었다.

가진바 무위에 대한 부족함보다, 상대방이 가진 강력함에 대한 눌림보다 더 강렬한 열망이 그를 지배하고 있었던 것이다.

그것은 복수.

복수의 대상이 바로 눈앞에 있었다.

막우의 가랑비 같은 공격이 누적되자 점점 더 성이 나는지 지전태의 공격은 더욱 거칠어져 갔다. 스치지도 않았건만 막우의 온몸은 피로 범벅이 되어 있었다.

그의 강맹한 기운을 지근거리에서 맞닥트리다 보니 저절로 이런 꼴이 된 것이었다.

"크르륵! 너 이 쥐새끼 같은 놈."

"쥐새끼? 그 쥐새끼에게 꼬리 말고 도망친 놈이!"

순간 지전태의 몸이 멈칫했다. 그제야 그의 눈동자를 마주할 수 있었다. 검게 변해 있는 눈동자. 흰자가 있어야 할 곳에 흰자가 없었다. 오로지 검은색뿐.

정상이 아니었다.

그때 지전태의 입이 푸들거리며 열렸다.

"너……."

"칼새가 지옥에서 기다린다. 네놈 주둥이 구리다고 투덜대며 말이다."

"너어!"

푸들거리는 지전태를 보며 막우가 살기 어린 미소를 머금고 말을 이었다.

"오늘은 그냥 못 간다. 네놈 대가리 따다가 우리 아우들 영전에 올려야 하거든."

순간 지전태의 눈동자 위로 핏빛이 어리기 시작했다. 그리고 그의 몸 주변으로 혈무가 어렸다.

"네노오오옴!"

콰콰콰콰쾅!

순간 지전태의 몸을 중심으로 기의 폭발이 터져 나갔다.

"켁!"

"커억!"

"조심해!"

지전태를 중심으로 기의 폭발이 터져 나간 순간, 그를 견제하던 청수, 청운, 청풍의 몸이 가랑잎처럼 날려 갔다.

그의 정면에 서 있던 막우 역시 그들과 다를 바 없었다. 오 장이나 튕겨 나간 막우는 몸을 뒤집으며 땅바닥에 검을 꽂아 넣었다. 그러고도 모자라 다시 오 장여를 밀려 나갔다.

"크윽!"

방금 전 내력의 폭발을 맞으며 약간의 내상을 입었는지 막우의 입가에서 핏물이 흘러내렸다. 하지만 그의 얼굴에는 놀람이나 그로 인한 동요 따위는 찾아볼 수 없었다.

오히려 조금 전보다도 더욱 활활 타오르기 시작한 기색이었다.

그런 막우가 마음에 안 드는지 지전태는 검붉은 눈동자를 번뜩이며 그를 향해 거도를 휘둘렀다. 그의 거도에서 시작된 검붉은 운무가 형태를 만들며 막우에게 날아들었다.

"빌어먹을!"

순간 막우는 그것을 막을 생각조차 하지 않고 몸을 날렸다.

그가 튕기듯 옆으로 몸을 날리자마자 검붉은 운무가 도의 형상을 만들며 그 자리를 스쳐 지나갔다. 그와 동시에 거대한 폭음이 고막을 뒤흔들었다.

쿠와아앙!

"크!"

막우는 몸의 균형을 잡으며 검을 든 손으로 얼굴을 가렸다. 뒤쪽에서 날아온 파편이 그의 몸을 두들겼다.

검을 쥔 손을 내리자 그의 뒤편에 벌어진 광경이 그대로 드러났다.

"젠장!"

청운의 욕설이 들려왔다.

막우 역시 그와 마찬가지로 욕설을 내뱉을 뻔했다. 도강이 휩쓴 자리에는 한때 사람이었던 것으로 추측되는 핏물과 고깃덩이만이 낭자하게 남아 있을 뿐이었다.

모골이 송연해진다는 게 바로 이런 것이리라.

물론 절정에 달하면서 검기를 넘어설 수 있었다. 하지만 완연한 검강과는 위력에서 차이가 좀 있었다.

도강을 상대하기 위해서는 그도 검강을 뿌려야 하지만, 제대로 막아 낼 수 있다고는 장담할 수 없었다.

내력으로는 사실 문제없었다.

절정에 오른 무인들이 강기를 사용할 수는 있어도 드문

드문 구사하는 이유는 내력의 소모 때문이다.

그런데 그런 내력에 있어서 막우는 자유로울 수 있었다. 기연이 있었으니까. 하지만 강기의 응축은 다른 문제였다.

내력만 많다고 강기를 제대로 구성할 수 있는 것이 아니기 때문이다.

형상화할 수는 있겠지만 강기의 밀도에서 차이가 나므로 맞부딪치면 자연히 깨어질 수밖에 없었다.

순간 장무위와의 대련이 떠올랐다.

그러고 보면 장무위는 강기를 별로 쓰지 않았다. 하지만 그러면서도 걸왕이나 빙제 등을 충분히 상대해 내었다.

우우우웅!

'이렇게 하던가?'

막우의 검이 떨려 왔다.

내력이 차오르다 못해 넘실거리며 형상화되기 시작했다. 이대로 발산해서 내력의 형상을 재구성하면 강기가 만들어진다.

이후는 지전태와 막우의 경우처럼 밀도의 차이가 위력을 결정할 뿐이었다.

여기서 막우는 내력을 안으로 갈무리했다.

그러자 넘실거리던 기운이 검 위에 서리기 시작했다. 색도 짙어졌다. 기본적으로 검날에 기를 채우는 것은 일류 이상의 고수들이라면 할 수 있는 경지다.

하지만 검기 이상의 강기를 검에 담는 것은 또 다른 차원의 문제였다. 이대로 하면 왠지 지전태의 강기를 막아 낼 수 있을지도 모른다는 생각이 들었다.

하지만 지전태는 그를 기다려 주지 않았다.

"크악!"

괴성을 지르며 지전태가 다시 도강을 뿌렸다.

잠시 고민하던 차에 틈을 내준 막우는 되든 안 되든 해보기로 하고 강기를 더욱 응축하며 검을 뿌렸다.

강기를 쏘아 보낸다는 생각보다는 강기를 검에 가둔다는 생각으로 날아오는 도강을 향해 검을 휘둘렀다.

콰콰쾅!

"컥!"

폭음이 울려 퍼지며 막우의 몸뚱이가 뒤로 튕겨 하늘을 날았다.

콰당탕탕!

아까와는 달리 이번에는 꼴사납게 땅바닥을 구르는 막우였다. 이어 목구멍에서 죽은 피가 울컥하며 솟구쳐 나왔다.

'빌어먹을!'

낭패였다. 결과적으로 막아 내기는 했지만 지금 이 상황을 그저 막았다고 하기에는 문제가 많았다. 이대로 지전태가 공격해 오면 복수고 뭐고 끝이었다.

"검이……."

손잡이 위로 검날이 사라지고 없었다.

막우는 분한 마음으로 지전태를 바라보았다.

"우와!"

"어떻게 저럴 수가 있지?"

"막우 형! 대단합니다!"

"……."

청 자 배 제자들의 연이은 탄성에 막우는 할 말을 잃었다.

지전태의 온몸에 구멍이 숭숭 뚫려 있었기 때문이었다. 적어도 지금 막우가 입은 만큼의 피해는 그도 입은 모양이었다.

그때 막우에게로 장무위의 전음이 울려왔다.

[장난 치냐! 때려 박는다고 그게 다 들어가냐? 터져 나가지!]

장무위의 질책에 정신이 화들짝 들었다.

순간 지금의 상황을 알아차린 것이었다. 정신을 차린 막우는 서둘러 전음을 날렸다.

[의도한 겁니다!]

[개뿔! 두 번 의도했다간 디지겠다!]

"……."

막우는 역시 저래 봬도 고수는 다르구나 하고 생각했다.

청수나 청운, 청풍 세 사형제는 그저 대단하다는 눈길로 그를 바라보고 있었는데 장무위에게는 씨알도 안 먹히니 말이다.

막우가 선택한 수는 실패가 맞았다.

검이 부서지지 않게 감싸며 내력을 채워야 하는데 그렇지 못했기 때문이다.

결국 검이 버티지 못해 도강을 맞닥트리는 순간 산산이 부서져 버렸다. 그런데 이게 의외의 결과를 가져왔다.

검 파편에 담긴 강기가 지전태를 기습한 것이다.

비록 초절정 고수의 강기에는 모자라다지만 엄연히 절정 고수의 강기가 담긴 공격이다.

피해가 없을 수 없었다.

막우는 서둘러 몸을 일으키며 다른 검을 주워들었다. 그 사이 청 자 배 제자 셋이 지전태를 공격하며 그가 정신을 차릴 수 있는 시간을 벌어 주고 있었다.

그들 역시 절정의 고수들을 상대하면서 생긴 경험이 있어서인지, 피할 건 피하면서 셋이 협력해 적절히 상대를 하고 있었다.

검을 든 막우가 호흡을 가다듬으며 끼어들려 할 때, 장무위의 전음이 다시금 들려왔다.

[막우야.]

[예.]

[니가 저놈보다 나은 게 뭐가 있냐.]

장무위의 말에 막우가 침묵했다.

초식?

조화검신의 유진. 이것은 분명 엄청났다. 물론 옛것이라는 약점은 있었지만, 그 고절함은 세월의 무게를 이겨 내고도 남았다.

하지만 숙달이 되지 않았다.

무공 수위?

당연히 모자란다. 안 모자랐으면 지금 이렇게 당하지도 않았다.

임기응변 혹은 실전?

동네에서 아옹다옹한 게 다다.

물론 장무위에 의해 철저히 굴려지면서 얻은 게 많아 이 점은 다행이었다.

[어, 없는 것 같은데요?]

[이게 뒈질라고!]

순간 골이 띵할 정도의 분노를 담은 답변이 되돌아왔다. 장무위의 분노가 고스란히 느껴지는 전음이 이어졌다.

[장난해! 네놈이 처먹은 약이 얼마 치인데!]

[그, 그건…….]

[내력이 있잖아! 내력이! 모자랄 것 같아?]

[하, 하지만 지금 보시다시피, 내력만으로는 제대로 상대할 수가…….]

[질이 딸리면 물량 공세로 해!]

순간 멍해졌다. 물량 공세라는 게 어떤 의미인지 도통 알 수 없었기 때문이었다.

[초절정 고수의 강기나 절정 고수의 강기나 맞으면 뒈진다. 아니, 그럴 것도 없이 칼침 맞으면 죽는 건 매한가지야.]

[그건 그렇지만 그것도 상대가 그걸 맞아야 가능한 겁니다.]

막우는 나름대로 억울함을 담아 항변했다. 그러자 장무위가 차분하게 말했다.

[강기는 뭐로 막냐.]

[강기로…….]

[강기는 뭐로 만드냐?]

[내력으로 뽑아냅니다.]

[내력은 니가 더 많다.]

순간 막우의 표정이 묘해졌다. 왠지 장무위가 무슨 말을 하는지 알 것 같은 느낌이었다.

[저놈 눈깔 뒤집힌 거 봐라. 정상이냐? 딱 봐도 미친놈이야.]

막우는 지전태를 바라보았다.

강함만으로 따진다면 무위장에 쳐들어왔을 때 이상이었다.

그러나 장무위 말마따나 지전태의 상태는 전과 달랐다. 강하기는 했지만, 이성적이라기보다는 감정적인 모습이었다.

[막싸움에서는 눈 돌아간 놈이 무섭지만, 전장에선 가장 상대하기 쉬운 법이다.]

이어진 장무위의 전음에 막우가 검 자루를 움켜쥐고 단단히 마음먹은 표정을 지었다. 그러고는 품에서 뭔가를 꺼내 입에 집어넣었다.

[너…… 뭐 먹냐!]

[죄송합니다!]

그 말을 남기고 막우는 몸을 날렸다. 치료를 위해 지급되었던 영약 단지에서 꼬불쳐 놓은 영약의 약발이 온몸을 휘감으며 내상을 치유해 나갔다.

내력 상승은 없더라도 몸에 좋은 약은 어쨌거나 도움이 되기 마련이었다.

"지전태!"

복수의 칼을 간 막우의 외침이 터져 나왔다.

그리고 뒤를 이어 장무위의 외침 역시 터져 나왔다.

"야! 언제 꼬불쳤어!"

장무위가 외치거나 말거나 막우가 검강을 뿌렸다.

콰콰콰쾅!

막우의 반격이 시작되었다.

"응?"

전장으로 진입했던 걸왕의 귀가 쫑긋했다. 소요검선 역시 무언가를 들었는지 걸왕에게 질문했다.

"들었나?"

"그럼?"

"역시 이곳에 와 있었군."

"끄응. 좋아해야 하는 건지."

"허허허! 허허허허!"

소요검선의 웃음소리에 걸왕이 발끈하며 외쳤다.

"소요 선배! 그렇게 웃지 좀 마시오!"

第七章

초극 고수들의 개입

"혈마단주가……."

전마성 태상장로 곽주경의 미간이 찌푸려졌다.

전황을 뒤집기 위해 보낸 혈마단주 지전태가 화산의 현도를 상대해 그를 꺾기는커녕, 그 제자들과 갑자기 튀어나온 외팔이를 상대로 고전하고 있는 게 아닌가.

"저것, 우리 쪽 낭인 아닌가?"

"복장은 그렇습니다만……."

"재미있군. 저런 고수가 있었다니."

"죄송합니다."

갈천극의 중얼거림에 곽주경은 얼굴이 붉어진 채 고개를

숙였다. 하지만 갈천극은 그의 탓을 하지 않았다.

어차피 무작위로 받아들이는 낭인이다.

그들의 배경을 일일이 확인한다는 건 사실상 불가능한 일이었다. 또 그렇기 때문에 낭인들 무리는 애초부터 첩자가 있다는 가정하에 운용하기 마련이었다.

"그런데 왜 지금 나타난 것이지?"

문제는 저런 실력자가 왜 굳이 전마성 낭인으로 위장하고 있었느냐는 점이었다. 정도맹 무인으로 참여해서 튀어나왔어도 될 일인데 말이다.

어차피 전마성 낭인들 사이에 있어 봤자 얻을 수 있는 것도 별로 없는데 말이다.

그때 위지무가 다급하게 다가오는 게 눈에 들어왔다.

"급보이옵니다!"

"말하게."

"저자의 정체를 알아내었습니다."

"누군가?"

갈천극의 질문에 위지무가 한숨을 내쉬며 대답했다.

"싸락골에서 온 자입니다."

"장무위?"

"아닙니다. 그 밑에 있던 흑도 중 하나이온데……."

"저 실력이 고작해야 동네에서 주름 잡던 흑도란 건가?"

"그건 아니옵니다. 저자가 바로 혈마단주를 저 지경으로 만든 이들 중 유일하게 살아남은 이옵니다."

위지무의 말에 갈천극이 혀를 찼다.

"허, 그런데 저자는 멀쩡하지 않으냐? 분명 잠폭단을 먹었다고 들었는데."

"그, 그게…… 잘 모르겠습니다."

혈마단주를 저 정도까지 회복시키는 데에도 꽤 많은 노력이 들어갔다. 이미 잠폭단에 의해 선천진기가 많이 손상된 상황이었기 때문이었다.

그 탓에 이지에도 손상이 있어 이번 전투에 마지막으로 써먹고자 내보낸 것이다. 그를 저 정도까지 회복시키기 위해 먹인 영약 값은 할 것으로 판단했기 때문이었다.

그런데 지금 혈마단주를 상대하는 이는 전혀 잠폭단의 후유증이 없어 보였다. 아니, 오히려 상승의 경지를 보이고 있었다.

"예상할 수 있는 것은 저자의 선천진기나 잠재력이 남달랐을 것이라는 부분이 있습니다. 물론 영약을 이용한 치료가 동반되어야 했겠지만 말입니다."

"흐으음."

혈마단주는 어느 정도 치료 때를 놓친 경우다.

그나마 초절정에 이르렀던 무위 덕에 때를 놓치고도 저

정도까지 회복했다고 볼 수 있다.

이들은 모르는 사실지만 막우는 어느 정도 제때 영약의 도움을 받은 것도 맞았다.

또 체내에 장무위에게 사 먹은 영약의 기운이 있어 그게 선천진기의 폭발을 불러일으키는 잠폭단의 효과에 반응하기도 했다.

그런 사실을 모르는 이들은 그저 잠재력이 꽤 있던 무인이라고 생각할 수밖에 없었다.

"그러면 복수를 하기 위해서 왔겠군. 그런데 왜 우리 측일까."

"예측하기로는 싸락골의 일원들이 정사지간일지도 모른다는 보고가 있었는데, 그 때문일지도 모릅니다."

"그게 말이 되는가."

갈천극의 얼굴이 노기가 살짝 서렸다.

"벼, 변수가 워낙에 많았습니다. 또 정사지간일지도 모른다는 이야기는 있지만, 싸락골에 머물렀던 이들의 면면을 보면 오히려 우리에게 적대적일 것이라는 결과도 이미 있었습니다."

위지무가 재빨리 변명을 쏟아내었다.

그게 먹혀들어 갔는지 갈천극의 얼굴에 서리던 분노가 살짝 가셨다.

그때 곽주경이 차분하게 입을 열었다.

"지금 보면 걸왕과 소요검선들이 일선에서 밀려나 있는 것과 연관이 있지 않을까 생각이 됩니다."

"흐으음."

"장무위란 자 역시 어디로 튈지 모르는 인물이고, 그리 본다면 지금 정도맹을 이끌고 있는 남궁정천을 비롯한 세력들이 그를 반기지는 않았을 것입니다. 아니, 그쪽에서는 애초에 그리 중히 여기지 않았을 것이옵니다."

"그럼 홀로 나섰을 것이다?"

"아무래도 그쪽이 가장 가능성이 있지 않겠습니까?"

곽주경의 말에 갈천극은 피식 웃음을 흘렸다.

"큭, 암천에서 나온 노괴들이 허탈해하겠군."

그들은 언제 어디서 튀어나올지 모르는 장무위를 상대하기 위해 이곳에 와 있었다. 그런데 막상 지금과 같은 상황이 되니 유추할 수 있는 것은 하나였다.

그가 없을 것이라는 점.

당연히 또 헛걸음하게 된 것이다.

"쯧, 지금 생각하면 헛힘을 쏟은 게 많아."

"죄송합니다."

갈천극의 말에 곽주경이 고개를 숙였다.

"자네가 죄송할 게 있나. 허락은 내가 했는데."

갈천극이 담담하게 대꾸했다.

"그나저나 많이 늘었는걸?"

갈천극이 바라보는 방향에는 걸왕과 소요검선이 있었다. 그들이 뛰어들자 원로원 고수들이 고전을 면치 못하고 있었다.

"으음."

곽주경의 입가에서 신음이 흘러나왔다. 예상했던 것보다 더 밀리는 기색이 보였다. 이대로 시간이 흐른다면 필패였다.

싸락골에서 소모된 극마의 고수들이 아쉽게 느껴졌다.

"자네도 가야겠군."

"알겠습니다."

"그리고 나도 움직여야겠지."

덤덤하게 말을 내뱉는 갈천극의 옷이 펄럭이기 시작했다. 바람 한 점 불지 않는 상황이었지만 그의 몸에서 뿜어져 나오는 내력만으로도 이런 광경이 만들어지고 있었다.

"그럼 전……."

"적당히 움직이면 되지 않겠는가?"

"알겠습니다."

갈천극의 말에 위지무는 아쉬운 표정을 지었다. 말은 적당히 움직이면 되지 않겠느냐고 했지만, 누군가는 이 상황을 살피고 있어야 했다.

곽주경이 전장을 향해 튕겨 나가자 갈천극이 천천히 발걸음을 내디뎠다. 그러자 그의 신형이 자리에서 사라져 버렸다.

"후우."

사라져 버린 갈천극과 이미 백여 장 너머로 멀어지고 있는 곽주경의 뒷모습을 보며 위지무는 한숨을 내쉬었다.

이런 곳에서 제대로 손을 섞지도 못하는 자신이 답답했기 때문이었다.

그 역시 무인이니까.

콰콰콰콰쾅!

혈무에 휩싸인 걸왕이 손을 뻗을 때마다 용의 형상을 한 장력이 쏘아져 나갔다. 그것을 상대하는 전마성 원로원 고수들은 이미 얼굴이 파리했다.

"이 잡놈들, 어디 막아 봐라!"

"빌어먹을 노괴!"

"이 자식, 같이 늙어 가는 주제에!"

걸왕이 더욱 성을 내며 날뛰었다. 그런 걸왕을 막아선 것은 전마성 원로원 고수 중 하나였다.

콰아앙!

"응? 네놈 아직 살아 있었구나? 뒈졌는 줄 알았더니 원로원에 기어들어 가 있었어?"

걸왕의 장력을 막아 낸 전마성 원로원 고수는 이를 갈며 말했다.

"네놈을 갈가리 찢어 주려고 이날을 기다렸지."

"그때도 똑같은 말을 하고 죽다 살아난 기억은 없는가 보구나. 별호가 뭐였더라?"

걸왕이 비꼬듯 말하며 히죽 웃었다.

그러자 노고수의 얼굴이 붉어졌다. 걸왕이 그를 모르지는 않을 것이다. 지금 원로원주를 맡고 있는 그는 이전에도 악명이 높던 초극 고수였기 때문이었다.

비록 이전 정마대전 때 걸왕에게 패하기는 했지만 말이다.

"철령마존이란 이름을 영원히 기억하게 해 주마."

"클, 어디 얼마나 늘었나 보자꾸나. 그런데 이건 알아야 한다……."

걸왕이 기운을 더욱 끌어올리며 말을 이었다.

"……화경의 경지에도 급수가 있다는 걸 말이야."

순간 다섯 개의 혈룡이 걸왕의 몸을 휘감기 시작했다. 그리고 그에 대응하듯 철령마존의 주변으로 검은 기운이 악마의 형상을 만들어 나갔다.

"입 닫아라, 구린내 난다!"

원로원주 철령마존이 쌍장에 내력을 끌어올리며 걸왕을 향해 달려 나갔다.

"흐으음."

철령마존의 등장에 걸왕을 도우려던 소요검선이 걸음을 멈추고 고개를 돌렸다.

그의 시야에 빠르게 쏘아져 오는 곽주경의 모습이 들어오고 있었다.

"오랜만이로군. 광염마존."

"그 별호는 오랜만에 듣는구려. 소요검선."

"그때에는 뒤에서 구경만 하더니."

"허허허."

일차 정마대전 때에는 곽주경이 전체 전황을 주도했었다.

그렇기에 마지막 전투에서 손을 섞을 일이 없었다. 하지만 그렇다고 해서 그의 실력이 녹록한 것은 아니었다.

비록 그때 직접 전투에 끼어들지는 않았지만, 당시에도 극마의 고수가 아니었을까 하는 의심이 가는 이 중 하나가 바로 태상장로인 곽주경이었다.

"이번에는 나올 수밖에 없구려."

곽주경이 한 손을 뻗자 검은색 검신이 몸을 드러내었다.

"언제고 한번 검을 섞어 봤으면 했는데 그게 오늘이로군."

"그렇구려. 내 그때에도 성주가 아니었다면 언제고 뛰어들고 싶었다오."

"오시게."

소요검선의 말에 곽주경이 내력을 끌어올리며 한 자루 묵검을 휘둘러 오기 시작했다.

"광염마존이 나왔습니다!"

"갈천극은?"

광염마존이 소요검선과 부딪힌 것은 굳이 황보웅의 말이 아니어도 남궁정천의 눈에 띄었다.

그보다 중요한 것은 바로 갈천극의 행방이다. 곽주경까지 나온 이상 갈천극이 언제까지고 뒤에 있을 리는 없기 때문이었다.

"나를 찾는 건가?"

목소리가 들려오는 순간 남궁정천의 머리끝이 쭈뼛해졌다.

두 사람이 천천히 몸을 돌리자 그들의 앞에 뒷짐을 지고 있는 갈천극의 모습이 눈에 들어왔다.

"으음."

"언제…… 큼큼."

남궁정천은 신음성을 흘렸고, 황보웅은 살짝 당황한 기색을 보이다가 헛기침을 흘렸다.

놀란 것은 그들뿐이 아니었다. 갈천극의 뒤에 도열해 있는 무사들이 긴장한 모습을 보니 아무래도 갑자기 나타난 모양이었다.

"별로 변한 게 없어 보이는군."

남궁정천이 서늘한 목소리로 말문을 열었다. 그러자 갈천극이 피식 웃으며 대꾸했다.

"반말이냐? 어린놈의 자식이."

"마두에게 할 존대는 없소."

갈천극이 비록 겉으로는 중년으로 보이지만, 사실 배분으로 따진다면 남궁정천보다 윗선이었다.

그만큼 오래도록 강자의 지위를 이어 온 이가 바로 갈천극이었다.

남궁정천의 단호한 대답에 갈천극이 비웃으며 대꾸했다.

"차라리 걸왕 그 핏덩어리처럼 대놓고 반말이라도 하든가. 어설프긴."

"닥쳐라!"

갈천극의 도발에 황보웅이 나서며 일갈했다. 그러자 갈천극이 황보웅을 보고 보란 듯이 고개를 내저으며 말했다.

"반말하랬다고 그대로 따라하다니. 지조 없긴."

"크읏!"

황보웅이 이를 갈았다.

대놓고 도발하며 이죽거리는 모습에 얼굴이 붉어졌다. 하지만 그뿐이었다. 도발에 넘어갈 만큼 수양이 부족하진 않았다.

단지 화가 날 뿐이었다.

그때 남궁정천이 말을 끊으며 입을 열었다.

"우릴 너무 우습게 본 것 같소."

"설마."

남궁정천의 말에 이번에는 갈천극이 고개를 저었다. 그러자 황보웅의 얼굴이 조금이나마 펴졌다.

지금 이곳의 최강자는 어쩌면 갈천극일 것이다.

이 점은 그들 역시 인정하는 바였다. 그렇기에 남궁정천과 황보웅이 항상 함께 붙어 다니고 있는 것이고 말이다.

홀로 대적할 수 없음을 알기 때문이었다.

그런 강자의 인정이 기분 나쁠 리가 없었다.

그러나 이어진 말에 황보웅은 다시 얼굴을 구기게 되었다.

"소요검선과 걸왕을 상대하는데 끼어들면 꽤 귀찮을 것 같거든."

"크!"

이번에도 말발에서 말렸음을 느꼈다.

그때 남궁정천이 검을 뽑으며 서늘하게 대꾸했다.

"내 홀로 그대를 감당치는 못한다는 것을 알고 있소."

"주제를 아니 다행이군."

갈천극이 웃었다.

"허나 셋이면 어떨까?"

남궁정천이 검을 들어 올리자 황보웅 역시 주먹을 말아 쥐었다. 그리고…….

"정도맹주인가?"

갈천극이 고개를 돌리자 천천히 내려서는 정도맹주, 무당의 검성 송도진인이 그의 눈에 들어왔다.

"늦었습니다."

"예의를 아는 친구야. 어떤 놈들에 비하면 말이지."

그렇게 대답하면서 갈천극은 남궁정천과 황보웅을 슬며시 쳐다봤다.

"어디 언제까지 그 주둥이를 나불거릴 수 있나 보자!"

황보웅이 제일 먼저 쏘아져 나갔다.

그야말로 전광석화!

강렬한 파장을 터트리며 쏘아져 나간 황보웅의 주먹에 권강이 서렸다. 그 순간 갈천극이 천천히 팔을 들어 올렸다.

"어디 막아 봐라!"

그 모습을 본 황보웅이 어디 한번 막아 보라는 듯 거대한 기운을 갈천극에게 뿌리며 주먹을 뻗었다.

빠아악! 콰콰콰쾅!

강렬한 격타음과 동시에 황보웅의 몸이 달려 나가던 기세 이상으로 나아갔다. 물론 달려 나간 것이 아니라 말 그대로 안면부터 엎어져 쭈욱 땅을 파고 지나간 것이다.

오 장에 이르는 밭고랑 같은 길을 내면서 말이다. 갈천극은 손바닥을 털며 너털웃음을 터트렸다.

"어이쿠, 그놈 참 뒤통수가 단단하구나."

"크으윽!"

엎어지며 밀려 나갔던 황보웅이 재빨리 몸을 튕겨 일어섰다.

별다른 초식도 아니었다.

달려드는 자신의 뒤통수를 한 방 후려갈긴 것뿐이었다. 그 덕에 스스로의 힘을 이기지 못해 엎어져 밀려 나갔다. 뒤통수가 조금 얼얼하지만 큰 피해는 아니었다.

하지만 치욕스러웠다.

화경의 고수가 뒤통수를 맞고 엎어지다니.

주르륵.

순간 코에서 뜨끈한 것이 흘러내렸다.

황보웅은 자신도 모르게 손을 가져갔다. 피였다. 코피였다. 그런 그의 귓가로 갈천극의 목소리가 꽂혀 들어왔다.

"이런 코피가 났구나. 코피 나면 진 거란다. 네 어미에게 가서 이르려무나."

갈천극이 장난스럽게 웃고 있었다.

그런 그를 향해 남궁정천과 황보웅 그리고 송도진인이 일제히 달려들었다.

"죽어!"

"닥쳐!"

우직!

눈에 안광을 번뜩이고 달려들었던 전마성 무인 하나가 입가를 가린 중년인의 주먹에 안면이 박살 나며 튕겨 나갔다. 그 모습을 보며 마찬가지로 입을 가리고 뒤를 따르던 노인이 걱정스럽게 대꾸했다.

"살살 하십시오. 애들 노는 곳에서 이게 뭡니까."

"칠로, 말 시키지 마! 난 딸내미만 잡으면 그대로 집에 갈 거니까!"

"예, 예."

정도맹의 낭인 복장으로 전장을 관통하고 있는 중년인과 노인은 바로 빙제 백무혁과 칠로 모문량이었다.

전장을 지켜보고 있던 그들은 막우의 등장을 보자마자 바로 끼어들었다. 왜 막우가 전마성 낭인의 옷을 입고 있는지는 궁금하지 않았다.

그저 막우가 있다면 장무위도 있을 것이라 예상했고, 또 그가 있으면 백경숙도 함께 있으리라 판단했기 때문이었다.

그러던 중 그토록 원했던 목소리를 듣게 되었다. 바로 장무위의 음성이었다.

예상은 확신이 되었고, 백무혁은 빠르게 전장을 향해 나아갔다.

쾅! 쾅! 콰쾅!

"피, 피해라!"

"어억!"

"어, 어디서 저런 고수가!"

막우가 검강을 연달아 날려 대자 혈마단주 지전태는 도강으로 응수했다.

강기는 강기로 상대한다는 기본에 충실한 행동이었다. 막우와는 다르게 강기의 질이 다른 지전태의 도강은 날아오는 검강을 어렵지 않게 튕겨 내고 있었다.

하지만 그뿐이었다.

워낙에 막우가 무자비하게 검강을 날려 대는 통에 막는

게 다였다. 물론 막우만이라면 어찌어찌 방도를 낼 수 있을 것이다. 하지만 양옆과 뒤에서 검기를 뿌려 대는 청 자 배 제자들이 그의 발걸음을 막고 있었다.

"크아아아!"

콰쾅!

지전태가 또다시 검강을 막아 내며 괴성을 터트렸다. 답답함에 미칠 지경이었기 때문이다.

그나마 한줄기 남은 이성마저 송두리째 날아가기 직전이었다.

반면 청 자 배 제자 셋은 막우를 보며 감탄을 하고 있었다.

"마르지 않는 샘물이네."

"그러게요. 벌써 탈진해도 이상하지 않을 정도로 내력을 뽑아 쓰는데도 멀쩡한데요?"

청수의 놀라움이 담긴 목소리에 청운이 대꾸했다. 그때 청풍이 고개를 갸웃하며 물었다.

"응? 사형들, 막우 아저씨…… 지금 뭔가 먹지 않았습니까?"

"겨, 경단인가?"

"설마. 응……?"

그때 한쪽에서 장무위의 외침이 또 터져 나왔다.

"먹지 마! 그만 처먹어! 그게 얼만데!"

"……."

순간 세 사형제는 막우가 중간중간 입 안에 넣고 있는 게 무엇인지 알아챘다.

바로 장무위표 영단이었던 것이다.

"야, 약발이었구나!"

"바보냐? 영약이 먹는다고 바로바로 내력으로 변하게?"

"그래도 효과는 있지 않을까요?"

"그, 그런가?"

셋은 어리둥절하면서도 부럽기만 했다.

"허, 대단합니다."

능천이 혀를 내둘렀다.

"그러게."

백경숙은 약간 충격을 먹은 느낌이었다.

경지로 따지자면 막우와 그녀는 비슷한 수준에 있는 게 맞았다. 물론 막우야 기연을 얻은 경우이기에 엄밀히 따진다면 그녀보다 여러모로 모자란 면이 있었다.

그러나 지금 그녀는 막우처럼은 하지 못했다.

그동안 막우가 빠르게 실력이 늘어 왔던 것은 사실이었다. 장무위에게 거의 매일 죽다 살아날 정도로 맞아 가며 실전 훈련을 했다.

그러고도 모자라 그녀와도 검을 섞으며 혀를 내두를 정도로 일취월장하는 모습을 보였다.

초식도 어느 순간부터는 이전과 비할 바 없이 정돈되기 시작했고, 또 장무위를 통해 임기응변도 나날이 늘어 갔다.

그런데 지금 보니 그의 진정한 강점을 알 수 있을 것 같았다. 바로 저 내력이었다. 지금 강호에서 저 정도의 내력을 가지고 있는 절정 고수가 얼마나 되겠는가.

아니, 절정은 이미 비교할 대상이 아니었다.

내력만으로 따지면 초절정 고수도 밀릴 정도다.

그건 지금의 상황이 증명하고 있었다. 물론 내력의 고하만으로 승부가 결정될 리는 없었다. 그렇다면 굳이 경지를 나누는 이유가 없으니까.

하지만 비록 일류 끝자락 고수들과의 합공이라지만 절정 고수가 초절정 고수를 밀어붙이고 있다는 점은 놀라운 결과였다.

차라리 절정 고수 두셋이 동시에 붙은 상황이었다면 이렇게까지 놀라울 일은 아니겠지만 말이다. 그 모습을 보며 능천이 입맛을 다셨다.

"쩝. 부럽네요."

그도 절정의 고수다. 하지만 부러운 건 부러운 것이다.

아쉬움 가득 찬 얼굴로 능천이 말했다.

"나도 영약 같은 거 많이 먹으면 저렇게 될까요?"

"영약은 몰라도 욕은 배부르게 처먹게 해 주마."

"……."

능천의 얼굴이 빠르게 굳어졌다.

질문에 대한 대답을 한 사람이 백경숙이 아니었기 때문이다. 이어서 황급히 몸을 돌리며 검으로 방어 자세를 취했다.

쩌엉!

"커으윽!"

하마터면 검을 떨어뜨릴 정도의 충격이 검신을 울려 왔다. 온몸이 찌르르 울리는 게 보통 충격이 아니었던 것이다.

"누, 누구……."

설마하는 마음에 물러서며 질문을 던졌지만 그를 습격한 이는 그 질문에 대답할 마음이 없어 보였다.

"일단 맞자!"

"으아아!"

검기의 폭풍이 그를 휘감아 왔다.

날아드는 검기의 거친 기세에 능천은 황급히 물러서며 방어를 해 대었다. 하지만 일격 일격이 너무도 강렬해 그가 밀리는 것은 어쩔 수 없었다.

능천의 눈에 들어온 이는 정도맹 소속의 낭인이었다. 모를 리 없었다. 그가 전마성으로 오기 전에도 입었던 옷이고 흔하디흔하게 널린 옷이니까.

문제는 그 옷을 입은 이다. 복면을 하고 있었지만 딱 봐도 중년인이다. 그리고 그 뒤의 복면 노인.

"헉!"

능천의 입이 떡 벌어졌다. 그리고 그의 귓가에 백경숙의 목소리가 메아리처럼 들려왔다.

"아빠!"

눈앞이 아득해졌다.

좌좌좌좌좡!

검기가 사방으로 번뜩이고 쇠와 쇠가 만들어 내는 불똥이 이리저리 튀었다.

주변에서 싸우던 전마성과 정도맹의 낭인들은 잠시 검을 멈추고 할 말을 잃은 채 그 모습을 멍하니 바라보고 있었다.

"무슨 낭인이……."

"검기가……."

전마성 낭인 둘이 정도맹 낭인 하나와 함께 어우러지고 있는 모습은 너무도 비현실적이었다. 최소 일류는 되어야 뽑아낼 수 있다는 검기가 무슨 빗줄기 쏟아지듯 쏟아지고 있었다. 게다가 빠르기는 또 어찌나 빠른지 그 움직임을 따라가기도 벅찼다.

이게 고수들의 격전이라면 이해가 갔다. 하지만 지금 싸움은 낭인들의 싸움이었다.

"피, 피해!"

"히익!"

개중 몇몇은 이리저리 빗나가는 검기에 횡액을 당할까 봐 허둥대며 몸을 피했다.

[아버지, 지금 뭐하시는 거예요!]

[말리지 마! 주인이 잘못하면 아랫것이 책임을 지는 법!]

[그 반대 아니에요?]

[닥치거라!]

백경숙과 백무혁 사이에서는 연이어 전음이 오갔다. 물론 그들만이 전음을 주고받는 것은 아니었다.

[소궁주님! 살려 주세요! 흐익! 어떻게 좀…….]

[시끄러! 정신 사나워!]

능천의 울음 섞인 전음에 백경숙이 버럭 성을 냈다.

"이놈!"

그때 전마성의 고수 하나가 날아들었다. 잠깐이지만 지나치게 눈에 띄어 버린 탓이었다. 그는 도착하자마자 백무혁에게 쌍겸을 휘둘렀다.

"놈! 어디서 날뛰느냐!"

매서운 기세로 쌍겸을 휘두르며 달려들었지만 채 몇 발자국을 딛기도 전에 그의 몸이 기우뚱했다.

"억!"

쌍겸을 든 절정 고수가 당황한 눈빛을 보내었다. 그 대상은 바로 능천이었다.

고수의 눈빛을 받은 능천이 느물거리는 표정으로 말했다.

"이런 실수가!"

전마성 고수가 달려 나가는 시점에서 능천이 발을 툭 걸어 버린 것이다.

물론 절정 고수가 발을 걸었다고 자빠진다면 그것도 웃기는 일이지만, 발을 건 이가 아군으로 알았던 절정 고수라면 충분히 가능한 일이었다.

능천의 느물거리는 표정을 보고 뭔가 잘못된 것을 알아차린 전마성 절정 고수가 얼굴을 일그러트리며 욕설을 뱉었다.

"이런 개……."

서걱!

하지만 욕설이 채 끝나기도 전에 백무혁의 검이 그의 머리통을 잘라 버렸다. 이후 백무혁이 검에 묻은 피를 털어 내곤 눈썹을 꿈틀거리며 중얼거렸다.

"별 시답잖은 놈이 끼어들어서……."

그때 한줄기 전음이 백무혁의 뇌리를 강타했다.

[그 옷 입고 정도맹 무사로서 장렬하게 전사하려면 계속 그렇게 눈에 띄어라.]

덜컥!

장무위의 전음이었다.

그냥 전음이 아니었다. 온몸에 개미가 스멀거리며 기어가는 느낌이 들었다. 이어 공기가 끈적끈적하게 변해 갔다.

장무위 특유의 살기였다.

주변의 변화는 없는 것으로 보아 오로지 그에게만 살기가 집중된 모양이었다.

[내 일 틀어지면, 정말이지 내 눈 돌아갈지도 모른다.]

물론 반발심이 먼저 생겼다.

대련과 생사결은 다르다. 초식이 다르고 마음가짐이 다르다. 비록 이전에 장무위에게 졌다고는 해도 마음까지 굴복한 것은 아니었다.

그렇다고 지금 어찌할 수는 없었다.

중립을 표방하는 북천궁의 궁주인 그가 낭인의 신분이라지만 정도맹의 옷을 입고 있으니 말이다.

[그러니…….]

[뭐, 부탁하는데 어쩔 수 없지.]

백무혁이 재빨리 전음을 날리고서는 공세를 늦췄다. 그리고 스스로 되뇌었다.

'이건 부탁을 들어준 거다!'

그렇다고 아예 칼부림을 안 하는 것은 아니지만 이제는 시늉만 했다. 그것만으로도 족했다.

전장은 지금 한창 어지러워지고 있었으니.

"두 쪽을 내 버리겠다!"

걸왕이 손날을 세워 횡으로 긋자 붉은 기운이 반달처럼 쏘아져 나갔다.

변형된 강기로 혈룡참의 초식이었다.

하지만 철령마존은 피하지 않고 그대로 쌍장을 내둘렀다. 걸왕의 혈룡오수는 이전 정마대전에서도 악명이 자자할 정도였다.

정도의 무공답지 않게 잔인하고 높은 파괴력 탓에 전마성 무리들에게도 그 이름이 널리 알려진 것이다. 하지만 그만큼 그에 대해서도 알려졌기에 파훼법까지는 아니더라도 대응하는 법 정도는 충분히 익히고 있었다.

"그게 언제 적 초식인데…… 어헉!"

쌍장에 강기를 둘러 내뻗었던 철령마존의 입에서 헛바람을 삼키는 목소리가 들려왔다.

반달처럼 쏘아져 오던 강기가 둘로 나뉘어 철령마존이 쏘아 낸 강기를 피해 양 옆으로 곡선을 그리며 날아왔기 때문이었다.

콰콰콰!

"크윽!"

창졸간에 벌어진 일이어서인지 철령마존은 완벽하게 피해 내지 못하고 옆구리에 긴 상처를 입고야 말았다.

"이런 빌어먹을……."

"언제 적 초식 같더냐? 난 뭐 놀고만 있을 줄 알았느냐?"

걸왕이 의기양양한 표정을 지었다.

혈룡오수에 한 가지 초식을 더해 만들었던 혈룡육수는 결국 폐기되었다. 육수라는 말 자체가 고기 국물 같은 어감을 주었기 때문이었다.

대신 기존 혈룡오수에 변화를 주었다.

새로운 초식을 만들며 얻은 심득으로 변화를 꾀했는데 지금은 오히려 그 선택이 잘 맞아떨어졌다.

예전의 걸왕을 아는 적들은 이전의 혈룡오수를 생각하고 덤벼들었지만, 지금의 혈룡오수는 전혀 달랐다.

그 결과가 지금 그대로 나타난 것이다.

"크으윽!"

철령마존은 분한 표정을 지었다.

처음 손을 맞대며 보인 자신감은 이미 사라지고 없었다. 그토록 고심했던 혈룡오수의 대응책이 지금은 무의미할 수도 있다는 생각이 들었다.

줄곧 일반적인 공방을 이어 가다가 지금에서야 성명절기인 혈룡오수의 한 초식이 펼쳐졌지만, 그것은 그가 알고 있던 바와 달랐다.

만약 이 한 초식뿐 아니라 다른 초식에도 변화가 있다면, 지금까지 공들여 분석하면서 만들어진 대응책은 무용지물이었다. 하지만 그는 이내 고개를 저었다.

무려 화경의 경지에 오른 고수의 성명절기다.

무공이라는 게, 특히 절대 고수의 무공이라는 게 하루아침에 완전히 바뀔 수는 없는 일이다.

명문 대파의 무공만 해도 대를 이어 가며 내려오지 않는가. 보완은커녕 그 무공을 제대로 펼치는 데에만 노력을 해도 평생이 걸린다.

고개를 저은 철령마존이 이를 악물고 일어섰다.

"흥! 어디 조잡한 수를 내어놓고는 뭔가 대단한 것인 양 의기양양하구나!"

"뭐, 조잡?"

"그래. 이 냄새 나는 거지야."

"허, 조자압?"

"크크큭!"

철령마존은 대놓고 걸왕을 도발해 보았다. 두 번은 이변이 없으리라 생각했다. 아니, 만약 있다 해도 한두 초식이다라 생각했다.

그런데도 그가 이런 도발을 하는 이유는 단 하나였다.

걸왕의 최후 초식을 쓰게 만드는 것.

혈룡천하라 알려진 그 초식은 이름만큼 강력한 위력을 가지고 있었다. 쏘아져 오는 도중에 앞을 가로막는 것은 모조리 파괴하고 지나간다.

갈천극조차도 혈룡천하의 파괴력만큼은 일절이라고 칭찬을 했던 기억이 있다.

하지만 그 강력한 위력만큼이나 내력 소모 역시 적지 않았다.

철령마존은 그 점을 노리는 것이었다. 걸왕이 혈룡천하를 시전하는 순간, 때를 노려 자리를 이탈하는 계획을 세웠다.

물론 그게 쉽지는 않았다. 하지만 처음부터 그것만을 노리고 준비해 왔다면 못 할 일은 아니었다. 자존심에 금이 갈 수는 있겠지만 말이다.

걸왕의 얼굴이 험악하게 변하는 모습을 본 철령마존은 회심의 미소를 지으며 한마디 더 던졌다.

"니놈 애비가 와도 나한테는 안 된다. 아? 애비가 없나?

거지라서."

"……."

순간 걸왕의 얼굴이 굳어졌다. 마치 뭔가 말하려다가 딱 굳은 듯한 모습.

그런 걸왕이 천천히 손을 들어 올리며 말을 이었다.

"빌어먹을. 왜 애비라는 말을 듣는 순간 그 인간이 떠올랐지?"

걸왕의 눈썹이 역팔자로 휘어졌다.

동시에 그의 온몸이 붉은 운무로 뒤덮이면서 그 속에서 수많은 혈룡들이 만들어졌다. 그리고 그 혈룡들은 걸왕의 온몸을 맹렬하게 휘감으며 돌기 시작했다.

그 모습을 보며 철령마존이 긴장한 표정을 지었다. 그가 원하던 초식이었다.

혈룡천하.

"내 애비라는 양반이 오면 갈천극 할애비가 와도 안 돼."

걸왕이 결국 내가 왜 이 말을 했지 하는 표정을 짓더니 이어서 외쳤다.

"혈룡천하!"

콰우우웅!

걸왕이 하늘로 들어 올린 손을 타고 한 마리 혈룡이 위로 올라갔다. 마치 승천을 하듯.

"응?"

순간 그 혈룡을 본 철령마존이 당황한 표정을 지었다.

"하, 한 마리?"

달랑 한 마리라면 혈룡천하라 불리지도 않는다. 그리고 혈룡천하는 수많은 혈룡이 전방을 다 장악하며 쓸어 오는 무지막지한 초식이었다. 한마디로 방향성이 정해져 있는 초식이었다.

"이것도 바뀐 것인가?"

철령마존은 긴장하기 시작했다.

위에서 아래로 떨어지는 형태로 초식이 바뀌었나 싶어서였다.

드드드! 드드드!

"……."

하늘을 바라보고 있던 철령마존의 이마에서 땀방울이 흘러내렸다. 거대한 진동음.

그리고 강렬한 존재감.

문제는 이 존재감이 하늘에서부터 전해져 오고 있는 게 아니라는 점이었다.

철령마존이 천천히 고개를 내렸다. 웃고 있는 걸왕의 모습. 천천히 시선을 옆으로 돌렸다. 그러자 수많은 혈룡이 그를 포위하고 있는 게 눈에 들어왔다. 그리고 그 수는 점점 늘어나고 있었다.

"땅?"

혈룡들이 땅바닥에서 솟구쳐 올라오고 있었다. 하늘로 올라간 혈룡에 시선을 뺏긴 사이, 걸왕의 혈룡들이 바닥을 이동해 그의 주변을 포위해 버린 것이었다.

"어떠냐? 이것이야말로 혈룡천하라 불릴 만하지 않느냐?"

"하아아."

걸왕의 말에 철령마존의 입에서 긴 탄식이 쏟아졌다. 그러는 그의 머리 위로 아까 쏘아져 올라갔던 혈룡이 떨어져 내렸다. 그리고 그의 주변을 포위하고 있던 것들 역시.

그를 향해 달려들었다.

第八章

갈천극의 무위 그리고
무위의 무위?

"……."

전마성 태상장로 곽주경의 온몸이 검상으로 뒤덮여 있었다.

크고 작은 상처들이 그득한 게 그가 꽤 고전하고 있음을 알려 주고 있었다. 곽주경이 천천히 손을 들어 얼굴을 쓸어내렸다.

피곤함에 얼굴을 쓸어내린 모양새는 아니었다.

무언가를 닦아 내는 모습이었다. 곽주경이 얼굴을 쓸어내린 손바닥을 펴 보았다.

누런 게 있었다.

"허허허! 허허허허!"

소요검선의 너털웃음이 귓가에 울렸고 곽주경의 얼굴이 심하게 일그러졌다.

"이게 무슨 짓이오."

"허허허허!"

"……."

광염마존 곽주경의 질문에 대답 대신 소요검선의 너털웃음이 한 번 더 울려왔다. 몸에 여기저기 생겨난 검상보다도 저 웃음소리가 더 거슬렸다.

"돌을 차올리는 것까지는 그렇다 쳐도 싸우는 도중에 가래침까지 뱉다니…… 원래 이렇게 더럽게 싸우셨소?"

"누가 그러더구먼. 이기면 장땡이라고."

"……."

곽주경은 그 누군가가 왠지 장무위일 것 같다는 생각이 들었다. 중요한 문제는 그 영향을 받은 덕에 소요검선을 상대하는 게 더 힘들어졌다는 점이다.

말로는 더럽게 싸운다고 했지만, 실제로는 이게 더 까다로워졌다. 보통 일, 이류 무사들이나 낭인들은 이런저런 임기응변을 사용하고, 위의 경지에 오를수록 임기응변보다는 가진바 무공을 활용하는 경향이 짙다.

그때는 굳이 임기응변 같은 게 필요 없기 때문이었다. 또 일반적으로 임기응변 같은 건 상대하기 어려운 이와 싸울 때 쓰는 게 보통이다.

내지는 비슷하거나.

위의 경지로 가면 이런 것이 무의미해진다.

그렇기 때문에 무공을 펼치는 데에 집중을 하고 어쩌다가 임기응변으로 대처하더라도 무공을 가지고 임기응변을 발휘하는데, 지금의 경우는 그와 또 달랐다.

화경의 고수가 침을 뱉고 흙을 뿌린다?

마냥 웃을 수 없다. 위력 자체가 다르다. 승부가 갈릴 만한 행동인 것이다.

더욱이 소요검선 같은 정석적인 검수가 그런 행동을 하니 이건 더할 나위 없이 상대하기 까다로웠다. 그때 사방에 진동음이 울려왔다.

드드드드!

"이건?"

곽주경이 고개를 돌려보자 철령마존을 포위하듯 둘러싼 수많은 혈룡들이 눈에 들어왔다.

"저건!"

형태는 다르지만 분명 걸왕의 절초인 혈룡천하와 같은 느낌이었다.

'걸왕마저!'

걸왕마저 변화가 생겼다는 의미.

곽주경은 어두운 표정으로 갈천극이 있는 곳을 바라보았다.

그가 한시라도 빨리 상대를 제압하기를 빌었다.

처음 예상과는 달리 걸왕과 소요검선을 상대로 버티기가 어렵다는 것을 직감했기 때문이었다.

"이, 이런……."

황보웅이 믿을 수 없다는 표정으로 갈천극을 바라보았다.

그의 온몸은 식은땀으로 흥건해 있었다. 굵은 땀방울이 이마를 타고 계속 흐르고 있었고, 강건했던 두 주먹은 잘게 떨리고 있었다.

황보웅이 입술을 짓씹었다.

'통하지 않는다.'

화경에 오른 뒤 충만했던 자신감은 이미 사라진 지 오래. 갈천극을 이기지는 못하더라도 그가 무시 못 할 것이라는 판단을 했었다.

그랬는데 지금 그가 퍼붓는 공격은 갈천극에게 하나도 통하지 않았다.

심지어 송도진인의 공격도 그리 다르지 않았다. 그나마

남궁정천의 무공이 조금 통한다는 느낌이 들 뿐, 그 이상은 아니었다.

이전 정마대전 때의 화경 고수들과 지금 그들은 수준이 달랐다. 이미 정마대전이라는 경험을 토대로 성장한 그들의 무위가 더 높다고 생각했다.

그랬기에 정마대전에서 갈천극이 보여 준 무위는 이미 과거의 일이라 판단했다.

하지만 이백여 초 이상을 주고받은 지금, 그 판단에 금이 가 버렸다.

"쉬는 시간인가 봐?"

갈천극이 한 손을 뒷짐 진 채 그들을 물끄러미 바라보았다.

중간에 시간을 벌어 보고자 끼어들었던 정도맹의 고수들은 시체도 온전히 보전 못 한 채 도륙되어 버렸다.

"크윽!"

한쪽에서는 남궁정천이 분한 얼굴을 한 채 신음성을 흘리고 있었다. 하지만 그 분함 속에 그 이상의 당혹감이 묻어 나오고 있다는 것을 황보웅은 잘 알고 있었다.

'정말 극마의 경지가 맞는 건가?'

예전에도 갈천극이 극마의 경지가 아닐지 모른다는 말은 무수히 오갔다. 하지만 당시 그와 손을 섞었던 소요검선이

나 걸왕 등은 그것은 절대 아니라고 확언을 주었다.

하지만 그가 화경에 올랐는데 갈천극이 제자리에 있다?

지금 생각해 보니 너무 안이한 판단이었는지도 모른다. 자연스레 지금 갈천극의 경지를 잘못 판단한 것이 아닌가 하는 생각이 들었다.

'만약 현경이라면?'

등줄기에 흥건했던 땀이 주르륵 흘러내렸다. 심장은 더욱 쿵쾅거리며 뛰기 시작했다.

'만약 그렇다면 우리만으로는 안 된다!'

지금은 자존심을 세울 때가 아니었다.

황보웅의 시선이 자신도 모르게 걸왕과 소요검선이 있는 쪽으로 돌아갔다. 마침 그 순간 수많은 혈룡들이 포위한 초식동물을 덮치듯 날아드는 모습이 눈에 들어왔다.

콰콰콰쾅!

거대한 먼지구름이 피어올랐다.

'이렇게 빨리?'

걸왕이 철령마존과 손을 섞었던 것은 스치면서 알아챘다. 하지만 이토록 빨리 승부를 낼 줄은 몰랐다.

먼지구름이 가라앉으며 피투성이의 철령마존이 천천히 무릎을 꿇는 모습이 눈에 들어왔다.

그 광경을 보며 황보웅의 얼굴이 밝아졌다. 어쩌면 지금의 상황을 바꿀 수도 있다는 생각이 들었기 때문이었다.

"바삐 움직여야겠군. 걸왕이 많이 늘었네?"

순간 그의 귓가에 갈천극의 음성이 흘러들어왔다. 바로 지척에서 들리는 음성이었다. 이어서 남궁정천의 외침도 들려왔다.

"조심하게!"

"크윽!"

황보웅이 황급히 몸을 뒤로 빼냈다. 하지만 그보다 빠르게 다가온 갈천극의 손이 그의 머리를 감싸 왔다.

"좋은 꿈 꾸게나."

터억!

갈천극의 손이 그의 이마를 감아쥐었다.

"으아아아!"

황보웅은 몸을 빼기 어렵다는 판단이 들자마자 내력을 돌려 눈에 들어온 갈천극의 겨드랑이에 강기가 둘린 주먹을 내뻗었다.

터엉!

머리통을 울리는 충격음을 느끼며 그는 자신이 뻗은 주먹이 허무하게도 허공을 두드린 것을 보았다.

'빌어먹을…….'

황보웅은 멀어져 가는 갈천극과 남궁정천 등을 보며 무

력감에 눈을 감았다.

콰콰쾅!

"이, 이런!"

십여 장 넘게 날아가 처박힌 황보웅을 보고 남궁정천이 이를 악물었다.

"어찌 한눈을 팔아서……."

물론 황보웅이 단순히 한눈을 팔아서 저리된 게 아니라는 것쯤은 그도 알았다. 갈천극의 무위가 생각 이상이었다.

황보웅이나 송도진인의 공격은 갈천극의 방어를 거의 뚫지 못했다. 자신의 공격 역시 뭔가 크게 먹혔다고는 볼 수 없었다.

"자, 이제 둘 남았군."

갈천극이 천천히 고개를 돌리는 모습이 들어왔다. 여유로운 표정이었다.

셋도 제대로 상대를 못 했는데 어찌 둘이서 상대할 수 있겠는가 하는 생각이 머리를 스쳤다.

자존심 상하지만 걸왕이나 소요검선의 도움이 필요했다. 하지만 어떻게 도움을 요청하느냐가 문제였다.

갈천극이 황보웅에게 빠르게 손을 쓴 것도 다른 이들이 끼어드는 것을 막기 위함이었다.

"후우."

호흡을 가다듬은 남궁정천이 검을 들어 올렸다.

그의 검에 검강이 맺히고 나아가 푸르른 기운이 그의 온몸을 타고 휘감기 시작했다.

그 모습을 본 갈천극이 재미있다는 표정을 지으며 말했다.

"호오? 제왕공?"

남궁세가의 가주들에게 전승되어 오는 기공이 제왕공이다. 그리고 그 기공을 토대로 펼치는 게 바로 제왕검법이었다.

한마디로 제왕공이 없는 제왕검법은 껍데기에 불과했다. 그런 제왕공이었지만 연성하는 데에 있어 극악의 효율을 가지고 있기에 제대로 대성하는 이가 드물었다.

그런데 지금 남궁정천이 그 제왕공을 드러낸 것이었다. 황보웅과 함께 싸울 때도 보이지 않던 제왕공을 말이다.

남궁정천이 밑천을 내보이자 송도진인 역시 내력을 끌어올렸다. 그가 끌어 올린 내력 역시 지금까지 보였던 것과 비교할 바가 아니었다.

사방으로 내력이 휘몰아치는 것이 단판 승부를 보겠다는 듯했다. 뒤는 생각지 않겠다는 의지였다.

즉, 힘의 배분을 포기하고 한 번 한 번의 공격에 최선을 다하겠다는 의지였다.

"그렇게 나온다면 나 역시 예의를 갖추어야겠군."

그렇게 말한 갈천극이 뒷짐 지고 있던 손바닥을 펴자 허리춤에 있던 묵검이 천천히 뽑혀 나와 그의 손아귀에 쥐여졌다.

그리고 그 묵검을 타고 검붉은 불길이 타오르듯 감싸 오르기 시작했다.

갈천극이 웃으며 말했다.

"오지? 아니면 내가 갈까?"

딸내미와의 상봉을 격한 몸동작으로 풀어내고 있던 백무혁은 검을 멈추고 고개를 돌렸다. 그의 표정은 조금 전과는 달리 딱딱하게 굳어 있었다.

강렬한 존재감이었다.

단지 강한 내공으로 표출되는 기운을 감지한 것이 아니다. 갈천극의 존재 그 자체가 느껴지고 있었다.

마치 보란 듯이.

"갈천극이…… 이 정도였나?"

백무혁은 자신도 모르게 이를 악물었다.

같은 경지라 해도 실제로는 차이가 있다는 것쯤은 그도 알고 있었다. 그리고 자신과 갈천극 사이에 차가 있음은 보지 않고서도 예상하고 있었다.

"으음."

하지만 이 정도까지 차이가 날 줄은 몰랐던 것이었다. 굳이 붙어 보지 않더라도 확인이 될 정도였다. 그 순간 백무혁의 고개가 모로 기울어졌다.

'그러고 보니 그 인간은 왜 붙어 볼 생각을 했지?'

장무위가 갑자기 떠올랐다.

그의 위력은 백무혁이 몸소 체험한 바 있었다. 그런데 갈천극을 본 것과 느낌이 달랐다. 장무위는 만만해 보였다.

그렇게 생각했다가 피를 봤지만 말이다.

물론 상위 경지의 고수라면 본신의 실력을 숨기고자 할 때 숨길 수 있는 법이다. 하지만 전투에 임한 뒤에는 미처 숨길 수 없는 부분이 있었다.

지금의 갈천극과 같은 존재감.

장무위 정도의 무위라면 분명 이 정도는 아니더라도 존재감 비슷한 게 있어야 했다. 그런데 그런 게 없었다.

문득 이런 생각을 하던 백무혁의 얼굴에 허탈한 웃음이 번져 나왔다.

"별로 어울리지 않는 건데."

왠지 장무위와 절대자의 존재감은 전혀 어울리지 않는 옷 같다는 기분이 들었다. 절대적 한량 같은 기운이라면 모를까.

"그나저나……."

갈천극이 이렇게 대놓고 존재감을 보인 이상 전쟁은 강자들 간의 전투로 마무리될 공산이 컸다. 그는 자신도 모르게 장무위가 있는 방향을 바라보았다.

장무위가 이곳에 온 이유를 알기 때문이었다.

"호오?"

장무위가 입술을 오므리며 감탄 어린 소리를 뱉어 내었다.

"죽어!"

으적!

한눈을 파는 장무위를 향해 달려들던 정도맹 무사 하나의 턱을 날려 잠잠하게 만든 그가 시선을 떼지 않은 채 중얼거렸다.

"저놈이 확실하군."

장무위의 입가에 호선이 그려졌다.

검광이 번뜩이고 강기가 별똥별처럼 쏟아지는 모습이 화려하기 그지없었다. 물론 그 화려함은 엄청난 파괴와 죽음의 힘을 담고 있었지만 말이다.

"흐으음."

장무위의 입에서 약한 한숨이 흘러나왔다.

"저런 놈도 있구나."

약간의 감탄이 섞인 음성이었다. 그러고는 눈을 가늘게 뜨며 중얼거렸다.

"제대로 손봐 주지."

"으음."

걸왕이 눈살을 찌푸린 채 갈천극을 바라보았다.

"빌어먹을. 그동안 밥 대신 영약을 처먹었나……."

걸왕은 장무위와 함께하며 얻은 깨달음으로 내심 갈천극도 해볼 만하지 않을까 생각하고 있었다. 그러나 지금 갈천극을 보니 이전보다도 더 괴물 같아졌다는 느낌이 들었다.

"크, 이제 와 겁이 나는가 보지?"

피투성이의 철령마존이 놀란 기색의 걸왕을 향해 비틀거리면서도 웃음을 지어 보였다.

"쯧."

그런 철령마존을 본 걸왕이 혀를 차더니 혈룡기를 끌어올렸다. 그러자 철령마존이 긴장하기 시작했다.

"네 말대로 겁나니까, 네놈 숨통이라도 빨리 끊어 놓고 끼어들어야겠다."

"크으으."

걸왕의 대꾸에 철령마존은 인상을 찌푸렸다.

원래 그의 임무는 걸왕을 최대한 묶어 놓는 것이었다. 그 사이 갈천극이 정도맹주와 남궁정천 그리고 황보웅 등의 다른 화경 고수들을 처리하고 남은 화경 고수들을 상대하는 것. 그게 계획이었다.

그런데 철령마존이 걸왕을 붙잡고 시간을 끌기는커녕 제대로 얻어맞아 버린 것이다.

고개를 돌려 보니 태상장로인 곽주경 역시 그리 유리한 상황은 아니었다.

물론 그보다는 나은 상태였지만 걸왕이 자신을 처리하고 그쪽을 거들기 시작하면 승부의 추는 순식간에 기울어 버릴 것이 분명했다.

그리되면 갈천극에게 부담이 생겨 버린다.

물론 갈천극을 믿지 못하는 것은 아니었다. 하지만 자칫 잘못하면 이전 정마대전 때와 같은 결과가 나올지 몰랐다.

"누가 그리 놔둘 것 같더냐!"

순간 누군가가 노성과 함께 걸왕과 철령마존의 사이를 가로막았다. 지금까지 정도맹의 고수들과 손을 섞던 원로원 고수들이었다.

하나같이 초절정의 경지에 오른 이들이다.

"흐으음."

걸왕이 미간을 찌푸리며 주변을 둘러보았다.

그들이 빠진 자리에는 전마성의 무사들이 목숨을 담보로 덤벼들고 있었다. 철저한 시간 끌기에 가까운 전투였다.

걸왕과 소요검선을 붙잡아 놓는 동안 갈천극이 다른 화경 고수들을 상대한다는 계획. 단순하지만 가장 확실한 계획이었다.

지금의 갈천극은 충분히 그럴 만큼 강력했기 때문이다.

실제로 이미 황보웅이 쓰러지지 않았는가.

내력을 끌어 올린 걸왕이 눈에 살광을 뿌리며 달려 나갔다.

"그래, 해보자!"

짙은 혈룡기가 사방을 향해 포효해 나갔다.

마치 한 자루의 검처럼 변해 날아드는 남궁정천을 보며 갈천극이 중얼거렸다.

"제검형인가?"

제왕검법 중에서도 가장 강력한 위력을 가진, 공방일체의 초식이 아닌 오로지 공격을 위한 초식이었다.

공방일체의 묘리가 있지는 않지만, 이토록 강한 공격은 오히려 방어 이상의 효과를 보인다.

게다가 검신일체의 수다.

날아드는 남궁정천을 보며 갈천극이 그대로 맞부딪혀 갔다. 거대한 검은 기운이 그의 온몸을 휘감았다. 그리고 그 위로 마치 악마와 같은 형상이 너울거렸다. 그 검은 기운은 마치 세상을 잡아먹을 듯 점점 커져만 갔다. 그가 지나간 길은 어둠만이 가득했다.

그러자 그 모습을 본 송도진인이 기함을 터트렸다.

"천마행!"

악마의 형상이 움직이며 세상을 제압해 나가는 모습은 바로 이 나라 건국 초에 무너진 마교 교주의 독문무공인 천마행과 같았다.

전마성이 마라고는 하지만 마교와는 엄연히 달랐다. 그렇기에 마교는 황제에 의해 무너졌지만, 이후 생겨난 전마성은 마를 외치면서도 마교도와 같은 취급을 당하지 않았다.

물론 이것은 황제에게서만의 이야기이다.

정도맹은 전마성이 마의 잔당이라 해서 터부시했으며, 심지어 관부에 속해 있던 정도의 무인들도 마교의 잔당이라며 토벌해야 한다고 했다.

하지만 황제는 그것을 거부했다.

마교는 마교일 뿐 전마성과는 다르다는 선언을 했던 것이다.

그랬는데 지금 갈천극이 쓴 무공은 마교의 상징과도 같은 것이었다.

"어찌 갈천극이!"

사실 정도맹도 마교를 언급했지만 실제로 천마성을 마교와 같은 선상에 두지는 않았다. 마교의 잔당이 흘러들어 간 부분이 없지 않아 있어서, 그것을 이유로 들었던 것뿐이었다.

그런 의심을 하지 않은 이유는 이전 정마대전 때 갈천극이 혈천구로라는 무공을 썼기 때문이었다.

그런데 느닷없이 천마행이 나온 것이다.

마교의 상징이자 교주의 독문 무공.

혈천구로라는 무공 역시 강력하기 그지없는 무공이지만 천마행은 달랐다.

남궁세가의 제왕공처럼 기반이 되는 내공술이 바로 천마행이었다. 그 자체로도 강하고, 마의 속성을 가진 무공과 만나면 그것이 아무리 하찮은 것이라 해도 강력한 힘을 뿜어낼 수 있다.

그것이 천마행의 무서운 점이었다.

그런 천마행을 기반으로 혈천구로를 펼쳐 낸다면?

"이익!"

악몽이었다. 송도진인이 남궁정천에게 힘을 더하기 위해

내력을 뽑아 올리며 나아갔다.

남궁정천은 천마행을 보면서도 동요치 않았다.

놀랍기는 하지만 동요가 이는 순간 무너진다는 것을 알기 때문이었다.

오히려 내력을 더욱 쏟아부었다.

그는 제왕공을 믿었다.

천마행이 아무리 희대의 신공이라 하지만 제왕공 역시 남궁세가의 역사가 담긴 진수였다.

게다가 아무리 신공이라 해도 그것을 다루는 이가 얼마나 익혔는가에 따라 그 위력은 천차만별이었다. 비록 개화는 늦었을지 모르지만 남궁정천은 사명감을 가지고 평생을 제왕공에 매진했다.

경지의 차가 있어 이길 수 있을지는 몰라도 최소한 지지는 않는다는 마음을 가졌다.

검은 기운과 창공처럼 푸르른 제왕공의 기운이 맞부딪혔다.

순간 남궁정천의 표정에 균열이 가기 시작했다.

'제왕공이!'

푸르던 제왕공의 기운이 마치 먹물에 흡수되듯 바로 천마행의 기운에 침습되었다. 맞부딪치는 순간 충돌을 하는 것이 아니고 말이다.

그리고 남궁정천이 뻗은 검이 갈천극의 손아귀에 잡혔다.

턱!

"서, 설마?"

검을 붙잡힌 남궁정천이 경악했다.

주변은 온통 어둠이었다. 하늘처럼 푸르르던 남궁세가의 자부심이 사라졌다. 처음부터 없었다는 듯이 말이다.

"제법이었어."

갈천극이 웃었다. 그를 보며 남궁정천은 경악한 얼굴로 말을 내뱉었다.

"천마행이 흡정의 공능을 가진 거였더냐!"

남궁정천이 버럭 소리를 질렀다. 그렇지 않고서야 그의 제왕공이 흡수된 상황을 설명할 길이 없었다. 하지만 갈천극은 피식 웃음을 흘리며 가치 없다는 듯 대꾸했다.

"흡정공 따위."

"그, 그렇다면 어찌……."

"모든 색을 더하면 점점 어둡게 되는 법이지."

갈천극의 말에 남궁정천의 눈이 흔들렸다.

"마, 말도 안 돼……."

"그게 바로 네놈들이 말하는 어둠이 가진 포용력이다."

갈천극은 포용이라 표현했지만 남궁정천이 떠올린 말은 달랐다.

"포식자……."

"뭐, 크게 다르지 않을지도."

다른 한 손에 들고 있던 묵검이 남궁정천을 내리그었다.

퍼엉!

거대한 폭음이 울리고 누군가의 신형이 어둠이 드리워진 공간을 뚫고 빠르게 튕겨 나왔다.

콰콰콰콰쾅!

이내 그 신형은 한창 전투를 벌이던 전장 한가운데에 거대한 충격음을 만들어 내며 처박혔다. 그 와중에 몇몇 내력이 약한 무인들은 물론, 그가 처박힌 주변에 있던 무인들은 형체도 건지지 못한 채 죽임을 당했다.

그 근처에는 백무혁과 백경숙, 능천 등이 손을 섞고 있었고, 멀지 않은 곳에서 막우와 청 자 배 제자들 역시 전투를 벌이고 있었다.

혈마단주 지전태는 뒤쪽에서 울려온 충격파에 순간적으로 비틀거렸다. 찰나였지만 그 작은 틈을 막우가 놓칠 이유는 없었다.

지전태가 잠시 비틀거린 틈을 노리고 막우가 뿌린 검강이 날아들었다. 하지만 아무리 이지가 무뎌졌다지만 지전태 또한 초절정의 고수였다.

그는 균형이 흐트러진 상태에서도 도강을 뽑아내 막우의 검강을 튕겨 내었다.

콰콰쾅!

하지만 지전태의 상대는 막우만이 아니었다.

"으차차!"

청운이 바닥을 뒹굴었다.

나려타곤이라 해서 무인이라면 누구나 치욕스러워하는 동작이었다. 하지만 지금의 행동은 적의 공격을 피하기 위해 마지못해 취한 것이 아니었다.

바닥을 뒹굴며 굴러간 청운이 검을 휘둘렀다. 그 검은 지전태의 발목을 훑으며 지나갔다. 청운뿐만이 아니었다.

청수와 청풍 역시 동시에 달려들며 지전태의 몸에 생채기를 내었다. 비록 치명적인 상처는 아니었지만 지전태를 흔들기에는 충분했다.

"크아아아!"

눈이 붉게 물든 지전태가 거도를 휘둘렀다.

"어헉!"

순간 청수, 청풍이 뒤로 몸을 굴리며 재빨리 빠져나왔다.

청운은 이미 뒤로 빠져나온 상태였다.

그러는 사이 막우의 눈이 반짝였다.

바닥에 쓰러져 죽은 전마성 무사의 몸 위에 올려져 있는 검이 눈에 들어온 것이다. 그리고 지전태는 그 무사의 위에 서 있었다.

막우가 강하게 진각을 밟았다.

콰앙! 푹!

막우의 진각은 죽은 전마성 무사의 검 손잡이 위에 떨어져 내렸다.

강하게 밟은 만큼, 죽은 이의 검날이 지렛대의 원리에 충실하게 위로 솟구쳐 지전태의 사타구니를 훑었다.

"크아아악!"

"헉!"

"저런……."

"아……."

지전태가 몸을 웅크리며 비명을 지르자 황급히 물러났던 청 자 배 제자들의 얼굴이 안타까움으로 물들었다.

같은 사내 입장에서 상당히 동정심이 간다는 표정이었다.

정확한 위치는 모르지만 지전태의 사타구니가 붉게 물들어오는 게 꽤…… 남자로서 위험한 위치에 상처를 입은 듯했다.

"죽여 버리겠다!"

지전태가 광분하여 막우에게 공격을 해 나갔다. 막우가 침착하게 물러서며 지전태의 온몸에 상처를 입혔다.

광분한 만큼 빈틈이 커졌기 때문이었다.

하지만 자잘한 상처는 안중에도 없다는 듯 지전태가 거칠게 밀어붙이자 막우의 손놀림이 어지러워졌다.

청 자 배 제자들과도 거리가 생겨 버린 상황.

막우는 다급하게 물러서다가 쓰러진 시체에 발이 걸려 나동그라졌다.

"빌어먹을!"

"크악!"

그 순간을 놓치지 않겠다는 듯 달려든 지전태가 거도를 내리쳤다.

콰앙!

"크읍!"

막우가 한 손을 들어 올려 막았지만, 한 손만으로는 한계가 있었다. 지전태의 거도가 재차 내리쳐지자 막우의 손아귀가 찢어지면서 그의 검이 튕겨 나갔다.

"위험해!"

손아귀에서 피가 튀었지만 중요한 것은 그게 아니었다.

위기였다.

"에이, 씨!"

청운이 자신의 손에 들려 있는 검을 지전태의 등을 향해 집어던졌다. 하지만 지전태는 그대로 상체를 돌려 날아오는 검을 거도로 휘둘러 쳤다.

카앙!

지전태를 향해 날린 검이 불똥을 튀기며 다른 곳으로 날아갔다. 그 사이 막우가 몸을 빼내려 했지만 지전태는 그를 놓치지 않았다.

콰직!

"끄아아아악!"

지전태의 발이 막우의 발목을 밟았다. 막우의 발목이 둔탁한 소리와 함께 기이한 방향으로 꺾여 버렸다.

문제는 단순히 발목이 부러진 것이 아니었다.

지전태가 여전히 막우의 발목을 밟고 있다는 것이 문제였다. 청운이 검을 날린 순간, 청수와 청풍은 약속이라도 한 듯 막우를 향해 검을 뿌려 갔다.

하지만 그들의 일격 역시 허무하게 막혀 버렸다.

청수의 검은 지전태의 거도에 막혔고, 청풍의 검은 지전태의 다른 손에 잡혀 버렸다.

"거, 검기를!"

청풍은 기함을 토했다.

검기가 둘린 검이 맨손에 잡혀 버린 것이었다. 지전태의 손에는 불그스름한 기운이 덧씌워져 있었다.

"수강이야!"

청운이 암울한 표정으로 외쳤다. 그사이 튕겨 나간 청수가 비틀거리며 피를 게워 냈다. 지전태의 반탄력에 의해 내부가 뒤흔들린 탓이다.

그의 눈에는 암울함이 서려 있었다.

"젠자아앙!"

지전태가 한 손으로는 청풍의 검을 쥐고 다른 한 손에 들린 거도를 머리 위로 들어 올렸다. 지전태의 눈은 자신에게 발목이 밟힌 채 버둥거리는 막우를 향하고 있었다.

더 이상은 피할 방도가 없었다.

"막우 형!"

청운의 안타까움이 섞인 외침이 터져 나왔다.

그때였다.

푸우욱!

"엇! 이런 우연이!"

"꺼어어억!"

누군가가 바람처럼 달려와 지전태의 뒤를 스쳤다. 그런데 그냥 스친 것이 아니었다.

조금 아까 막우가 한 행동처럼 바닥에 놓여 있던 검 자루를 밟은 것이었다.

게다가 이번에는 지렛대 같은 상황도 아니었는데 밟힌 검이 마치 끈이라도 달린 듯 저절로 움직여 지전태에게 박혀 버렸다.

지전태의 몸이 꼿꼿이 세워졌다. 부릅뜬 두 눈은 시뻘겋게 충혈되어 있었다.

"끄으으으!"

지전태가 목을 비틀어 우연 어쩌고를 내뱉은 이를 바라보았다. 마치 거북이 같이 쇠 방패를 등에 진 전마성 낭인 하나가 쭈뼛거리고 있었다.

"실습니다."

"끄윽!"

지전태의 항문에 검이 박혀 있었던 것이다.

"에이, 씨!"

그 순간 지전태의 손에 검을 제압당해 있던 청풍이 발을 그대로 올려 걷어찼다.

퍽! 푸우욱!

청풍의 발길질은 엉덩이에 박혀 있던 검 자루를 정확하게 차올렸고, 그 순간 반쯤 박혀 있던 검이 자루만 남기고 쑤욱 하니 들어가 버렸다.

"꺽!"

지전태의 두 눈은 금방이라도 튀어나올 것처럼 더 커져 있었다. 그와 동시에 비틀거리며 막우의 발목을 밟고 있던 발이 떨어졌다.

그리고 동시에 한 손으로 바닥을 내리쳤다.

콰아앙!

바닥이 움푹 파이며 막우의 신형이 지전태를 향해 날아올랐다.

으적!

흡사 투석기에서 쏘아진 것처럼 날아간 막우의 머리통이 지전태의 턱을 그대로 들이받았다. 그 일격에 지전태의 신형이 마치 고목처럼 기울어졌다.

쿠우웅!

그의 거구가 바닥으로 넘어가자 그와 동시에 막우가 검을 들어 그대로 지전태의 단전에 박아 넣었다.

푸우욱!

"크억!"

지전태의 입에서 울컥하고 피가 튀어나왔다. 하지만 막우는 그것도 모자라 그대로 한 발로 뛰어 자신이 박아 넣은 검 자루를 천근추의 수법으로 밟았다.

푸욱!

"크아아아아!"

지전태의 찢어지는 듯한 비명이 터져 나왔다. 하지만 그게 그가 할 수 있는 전부였다. 뒤이어 달려든 청운, 청풍, 청수가 일제히 그에게 자신들의 검들을 박아 넣었기 때문이었다.

온몸을 경련하며 부들거리는 지전태를 보고 힘없이 널브러진 막우가 희미한 미소를 지은 뒤 전음을 날렸다.

[감사합니다, 어르신.]

[실수야.]

[예.]

등에 통짜 쇠로 만든 방패를 짊어진 사내, 장무위가 히죽 웃으며 서 있었다.

그때 미심쩍다는 음성이 들려왔다.

"실수가 아닌 듯한데."

순간 장무위가 데구르르 구르며 비명을 내질렀다.

"으아악!"

"흐으음."

장무위가 도망쳐 나온 곳에는 갈천극이 한쪽 눈썹을 치켜들고 서 있었다. 많은 부분에서 의심스럽다는 표정으로 말이다.

"서, 성주님!"

장무위가 넙쭉 엎어지며 갈천극에게 오체투지 했다.

그런 장무위를 보고 갈천극이 물었다.

"누구냐. 네놈은."

"그……."

장무위가 눈알을 떼구르르 굴리며 대답을 고민하고 있자 미간을 찌푸렸던 갈천극이 말을 이었다.

"낭인이라고는 하지 말지. 안 속으니까."

갈천극의 말에 엎어져 있던 장무위가 슬그머니 고개를 들어 올렸다.

"그게……."

그 순간 갈천극이 등을 돌렸다.

그가 시선을 돌린 곳에서 남궁정천이 비틀거리며 몸을 일으키고 있었기 때문이었다.

"쿨럭. 빌어먹을 일이로군."

남궁정천을 보며 갈천극이 웃음 지었다.

"명이 길구만."

그런 남궁정천의 옆으로 송도진인이 창백한 안색을 한 채 내려섰다.

그의 내상 역시 적지 않았던 것이다. 하지만 갈천극은 아직까지 땀 한 방울 흘리지 않은 모습으로 서서 그들에게 미소를 지어 보이고 있었다.

그때 한쪽에서 전장으로 뛰어든 위지무의 외침이 들려왔다.

"성주님, 조심하십시오!"

"응?"

전장을 지휘해야 할 위지무의 등장에 갈천극이 고개를 갸웃거렸다. 하지만 위지무는 갈천극의 뒤를 가리키며 피를 토하듯 외쳤다.

"그놈입니다!"

"무슨……."

그 순간 갈천극의 머리 위로 동그란 그림자가 드리워졌다. 그와 동시에 갈천극의 몸이 옆으로 그대로 미끄러지듯 움직였다. 하지만 그 그림자 역시 그의 몸을 따라 움직였다.

그리고 곧 거대한 범종 소리가 전장을 울렸다.

데에에에에엥!

第九章

선빵 날린 장무위

데에에에에엥!

전장을 울리는 거대한 울림에 모두의 신형이 멈추었다. 아니, 소리보다는 시각적인 충격 탓이 더 컸다.

그 범종 소리를 만들어 낸 이가 다름 아닌 바로 갈천극이었기 때문이다.

정확히는 그의 머리통이 낸 소리였다.

그 울림은 많은 이에게 충격으로 다가왔다.

"결국, 했구나."

걸왕은 어이없다는 표정으로 중얼거렸고, 소요검선은 그저 웃기만 했다.

“허허허허허!”

하지만 위지무의 얼굴은 흙빛이 되었으며…….

“저, 미친……!”

곽주경의 얼굴은 딱딱하게 굳어졌다. 그러나 누구보다도 놀란 사람은 남궁정천이었다.

“으으음.”

자신을 그렇게 애먹였던 갈천극의 머리통을 눈앞에서 방패로 가격하다니…… 타격은 둘째 치더라도 그 모습 자체가 너무도 충격적이었다.

무엇보다 저 전마성 낭인의 복장을 한 이가 대체 누구인지가 가장 궁금했다. 곧 그의 궁금증을 풀어 주는 외침이 송도진인으로부터 튀어나왔다.

“자, 장무위!”

“장무위?”

모를 리 없는 이름이었다.

그리고 이 전투와 전혀 상관없다고 생각했던 이름이었다. 그런 그의 이름이 불리자 가장 먼저 반응한 것은 갈천극이었다.

“어이없군.”

하지만 그런 갈천극의 반응에 돌아온 장무위의 대답은 연이은 공격이었다.

부와악!

또다시 휘둘러진 방패가 공기를 거칠게 찢어발기며 날아들었다. 하지만 갈천극은 아까는 우연이었다는 사실을 증명이라도 하듯 장무위가 휘두른 방패를 막았다.

그것도 그냥 막은 것이 아니라 손가락을 마치 갈고리처럼 구부려서 방패 위를 그대로 찍어 버렸다.

콰직!

통짜 쇠로 만든 방패가 갈천극의 손가락에 두부처럼 뚫려 버렸다. 갈천극이 방패를 단단히 그러쥐며 노기 띤 얼굴로 입을 열었다.

"이딴 잔재주를……."

장무위의 진정한 재주는 말할 시간을 주지 않는다는 점이었다. 장무위는 갈천극이 방패를 그러쥐자마자 곧바로 자신이 들고 있던 방패를 발로 밀어 찼다.

그 탓에 방패를 빼앗으려 당기던 갈천극은 자신의 힘을 이기지 못하며 연신 뒷걸음질을 쳤다. 그런 갈천극을 향해 장무위가 달려들며 미끄러져 갔다.

촤아악!

동시에 장무위의 발이 뒷걸음질 치던 갈천극의 뒤꿈치를 후렸다.

"큭!"

어이없는 상황이었지만 제아무리 절대 고수라도 균형이 무너지면 넘어지게 되어 있는 법.

갈천극의 몸이 장무위의 발에 걸려 붕 떠 버렸다. 하지만 갈천극은 그대로 묵검을 뻗어 땅을 짚었다. 그러나 장무위는 그 검 끝마저 자신의 검으로 후려갈겨 버리는 만행을 저질렀다.

티잉!

"큭!"

가벼운 쇳소리와 함께 갈천극의 신형이 볼썽사납게 땅바닥에 처박혔다.

콰당탕!

갈천극은 황당하기만 했다. 자신이 이런 식의 공격을 마지막으로 당해 본 것이 대체 언제였던가. 아마 수십 년도 더 된 일이었을 것이다.

추억의 끝자락도 차지하지 못할 까마득한 기억 속에서나 있을 일이다.

제대로 체면을 구긴 셈이었다.

화악!

곧바로 몸을 퉁겨 일어선 갈천극의 전면으로 흙먼지가 화악 하고 뿌려져 왔다. 물론 장무위가 뿌린 것이었다. 갈천극은 간단히 장포를 휘둘러 그 흙먼지를 걷어 내었다.

터억!

그때까지 황당하고 노기가 서리기는 했지만 그리 큰 변화가 없던 갈천극의 표정에 크게 변화가 생겼다.

당황이었다.

"억!"

비명마저 흘렀다.

장무위가 갈천극의 머리끄덩이를 잡아 휘돌렸기 때문이다. 잠깐의 통증이 있었지만, 방패를 내팽개친 갈천극의 손에 수강이 어리며 자신의 머리카락을 잘라내었다.

순식간에 지나간 일이었다.

"쯧."

장무위가 이미 서너 장 뒤로 물러서 버린 갈천극을 보며 혀를 차고 있었다. 물론 손에 쥔 머리카락을 훅 불어 버리는 것은 잊지 않았다.

"네놈……."

갈천극이 얼굴을 잔뜩 구기며 사방으로 흐트러진 자신의 머리카락 사이로 아쉽다는 표정을 짓고 있는 장무위를 노려보고 있었다.

"왜? 꼬와?"

"……."

퉁명스럽게 대꾸한 장무위가 발끝으로 바닥에 떨어진 방

패의 끝을 밟았다.

그러자 갈천극에 의해 다섯 개의 구멍이 숭숭 뚫린 방패가 휙휙 돌며 떠올랐다. 장무위는 그것을 저자의 약장수가 묘기를 하듯이 터억 하고 받아 들었다.

"새끼, 뭐 뀐 놈이 성질 낸다더니. 왜, 뒤통수 맞으니 기분 더러워?"

거칠게 쏟아지는 장무위의 말에 갈천극은 가라앉은 눈빛으로 그를 노려보았다. 가슴속 깊은 곳에서부터 끓어오르는 분노였다.

그러거나 말거나 장무위 역시 이를 갈며 말을 이었다.

"내 기분이 그래. 아주 더러워. 왜 가만있는 내 뒤통수를 쳤냐."

"듣던 것 이상으로 말이 거칠군."

"말만? 이 형님 손 속은 더 거칠지."

갈천극의 눈썹이 역팔자로 꺾여 올라갔다. 그런 갈천극에게 장무위가 다시 말을 이었다.

"원래 계획은 정신 못 차리게 조져 놓고 질질 끌고 다니는 거였는데, 생각보다 실력이 좋구나."

"어린놈이 실력이 조금 있다 해서 방자하구나."

"허?"

어린놈이라는 말에 장무위가 어이없다는 표정을 지었다.

갈천극 입장에서는 장무위가 어리다고 판단할 수밖에 없었다. 외모만 봤을 때야 삼십 대 중반 정도로 보이는 장무위가 당연히 어려 보이겠지만, 갈천극이 외모만 보고 판단하는 이는 아니었다.

화경이나 극마쯤 되면 겉모습은 무의미했다.

당장 갈천극만 해도 소요검선보다도 높은 연배지만 외모는 그보다 어린 중년의 나이 정도로밖에 보이지 않았다.

하지만 실제로는 갈천극의 나이가 소요검선보다 위였다.

현 강호에서 그보다 나이가 많은 이는 드물었다.

그러다 보니 갈천극이 이런 말을 내뱉을 수 있는 것이다.

하지만 상대가 나빴다.

상대는 사백 년 넘게 묵은 노괴 장무위였다.

"어디 핏댕이가 어르신 못 알아보고 말 싸지르는 것 보소."

꿈틀!

갈천극이 이마가 거칠게 일렁였다. 장무위의 말이 도발이라 생각한 것이다. 차라리 마의 주구라든지 그런 욕을 듣는 게 나았다.

항상 듣던 말이니까. 그런데 장무위가 내뱉는 말은 꽤나 갈천극의 신경을 긁고 있었다. 무엇보다 도발하는 느낌이 아니라 당연하다는 듯 자연스럽게 말을 내뱉고 있어 더 기분이 나빴다.

이런 장무위와 갈천극 사이에 오가는 말을 듣고 있던 걸왕은 퉁명스럽게 말을 내뱉었다.

"쯧, 늙었다고 동네방네 떠드는구먼."

그때 한쪽에서 소요검선의 웃음소리가 울려왔다.

허허허허허!

"그런데 조금 전……."

걸왕의 얼굴 위로 심각한 표정이 스쳐 지나갔다.

잠깐이지만 그 역시 갈천극이 펼쳐 낸 무공을 본 것이다. 이제는 사라져 버린 마교의 교주에게 대대로 내려오는 천마행이 펼쳐진 것을 말이다.

그 강력함도 강력함이었지만, 전마성이 마교의 부활일까 하는 걱정이 스멀거리며 올라오고 있었다.

멸망했다고는 하지만 그때는 정파, 사파 그리고 황실의 고수와 군병까지 동원되었기 때문에 가능한 일이었다.

그토록 두려움의 대상이 되는 곳이 바로 마교였다.

"으으음."

전마성과의 전투에서 반드시 이겨야만 하는 이유가 생겼다.

"차라리 속 편하군."

걸왕의 표정이 약간 펴졌다.

황실이 이 사실을 알면 어떠한 행동이든 보일 것이라 생각했기 때문이었다. 어쨌든 마교를 멸망으로 이끈 가장 큰 명분은 황실에서 만들어 줬다.

역모.

그 단어 하나만으로도 다른 구차한 설명이 필요 없으니 말이다.

게다가 개국 초기부터 꾸준히 불어닥친 숙청의 피바람은 황제의 의중이 곧 법이라는 것을 알려 주고 있었다.

"으음."

"확실한가?"

구유검존이 확인하듯 묻자 혈불노가 고개를 끄덕이며 대답했다.

"예. 어찌 교주의 신공이 갈천극에게……."

"그것을 펼치면 어떻게 될지 알 것인데도 펼쳤다는 것은……."

"자신이 있다는 것이지요."

"자신이라면?"

"암천에 종속되는 것이 아니라 거래를 할 수 있는 위치에 오를 수 있다는 자신 말입니다."

"그렇군."

구유검존이 고개를 끄덕였다.

암천의 힘을 아는 전마성이 그들의 영향력에서 벗어나려 하지는 않을 것이다. 하지만 반대로 암천 역시 전마성을 쉽게 부릴 수 있는 상황에서 조금 벗어나게 된다.

이 차이는 컸다.

암천은 무림을 황실의 발아래에 두려 했다.

물론 이런 의도를 드러내고 움직인다면 전 강호 무림이 들고 일어설 것이 분명했다.

그래서 생각한 것이 전마성이라는 세력을 지원해 주어 강호를 장악하고 그 전마성은 암천이 조종하는 것이다.

그리고 시간이 지나면 자연스럽게 강호 무림은 황실의 발아래에 들어오게 된다.

황제는 마교를 정리하면서 그들의 저력에 경악했고, 또 그들을 꺾기 위해 모여든 강호의 기인이사들을 보고 다시 경각심을 가졌다.

황제는 절반의 세상을 원하지 않았다.

온전한 중원의 주인이 되고자 했다.

그렇기에 이 계획을 준비해 왔던 것이다. 그를 위해 만들어진 게 검은 하늘, 바로 암천이었다.

"그런 고민은 갈천극이 이기고 나서 할 일 아닌가?"

"예?"

그때 인검의 말에 혈불노가 눈을 동그랗게 떴다.

"저자 말이야."

"예."

"기습이라 해도 갈천극을 저렇게 만들 수 있는 이가 강호에 몇이나 되겠는가."

순간 이들의 시선이 장무위를 향해 모였다. 또 다른 변수. 원래 그들이 정리하기로 했던 변수의 등장에 뒤늦게 시선이 간 것이다.

더는 말을 섞을 가치가 없다는 표정으로 방패를 앞으로 들이민 채 자세를 갖춘 장무위가 검으로 방패를 통통 두들기며 말했다.

"잡소리 말고 덤비려무나. 재주 좀 보자꾸나."

순간 갈천극의 몸에서 검은 기운이 뭉게뭉게 피어오르기 시작했다. 조금씩 뭉쳐 드는 그 일렁임은 마치 악마의 형상과도 같았다.

천마행이었다.

"이런!"

지켜보던 무사들은 물론 걸왕까지 온몸을 저릿하게 만드는 갈천극의 내력에 걸왕과 그 주변에 있던 고수들이 얼굴을 일그러트렸다.

그중에서도 걸왕의 얼굴은 더욱 심각했다.

"저 정도일 줄이야……."

마찬가지로 겨우 몸을 일으킨 남궁정천의 얼굴은 참혹하게 변해 있었다.

"아까는 전력이 아니었단 말인가……."

전력이 아니었음에도 온몸의 내력이 진탕될 정도의 타격을 입었다. 하지만 그것보다 더 자존심이 상하는 것은 자신과 싸울 때는 저런 모습을 보여 주지 않았다는 점이었다.

이는 장무위란 자가 그보다 더 우위에 있다는 간접적인 증거였다.

"어디 저런 자가……."

저속하고 제멋대로인 인물이다.

복장 또한 전마성 낭인의 옷을 입고 있는 걸 보면 처음부터 뒤통수를 치려고 숨어들었다는 결론이 어렵지 않게 나온다. 그런 저열한 인물에게 밀렸다는 사실이 자존심에 큰 상처가 되었다.

파아앙!

공간이 울리며 갈천극의 반격이 시작되었다.

그 역시 자존심에 많은 상처를 입은 상태였다. 방패로 뒤통수를 맞은 것은 차라리 나았다. 꼴사납게 땅바닥에 처박힌 끝에 심지어는 머리끄덩이까지 잡혔다.

구길 수 있는 체면은 다 구긴 셈이었다.

"거북이 같은 놈!"

방패를 앞에 두고 눈만 빼꼼히 내민 장무위를 향해 묵검을 휘둘렀다.

검은 기운을 담은 강기가 장무위의 강철 방패를 향해 날아들었다.

콰쾅! 쾅! 쾅!

쇳덩이 따위는 뭉텅뭉텅 잘라 버릴 강기가 그대로 튕겨 나갔다.

방패 위로 강기를 두른 것이 분명했다.

순간 갈천극의 미간이 찌푸려졌다. 방패 같은 면적이 넓은 병기에 강기를 두른다는 것은 내력이 절대로 적지 않다는 의미였다.

무인들이 방패를 잘 쓰지 않는 이유가 바로 효율 때문이다.

방패는 내력을 너무 많이 잡아먹는 병기여서 굳이 방패를 쓰지 않아도 검을 이용해 방어하는 게 더 효율적이다.

그런데 장무위는 그의 말마따나 거북이처럼 방패에 내력을 잔뜩 밀어 넣고 막기만을 반복했다. 확실히 비효율적이지만 방패라는 병기의 특성을 잘 살리는 방식이었다.

그때였다.

쾌랙! 쨍!

"응?"

피피핏! 태태탱!

"이건 뭐하는 짓이냐!"

갈천극이 버럭 소리를 질렀다.

"뒈지라고 하는 짓이지. 바보구나?"

장무위가 방금 한 짓은 방패 뒤에서 손도끼를 던지고 또 비수를 뿌리는 것이었다.

물론 그것에 당할 갈천극은 아니었다. 하지만 이 역시 갈천극의 성미를 긁기에는 충분했다. 너무 어이없는 공격을 받은 탓에 자존심이 상한 것이다.

게다가 장무위가 마치 '어이구, 잘 막네' 라는 듯한 표정으로 방패 뒤에서 고개를 내밀고 있었다.

갈천극이 말했다.

"언제까지 거북이처럼……."

콰직!

뭔가를 밟는 순간 갈천극의 얼굴이 경직되었다.

그의 시선이 바닥으로 향했다.

언제 뿌렸는지 알 수 없지만, 바닥에 깔린 것은 바로 철질려였다. 그리고 자신은 그중 하나를 밟고 있었다.

"이런 빌……."

욕설이 채 토해지기도 전에 장무위가 방패를 들이밀며 쏘아져 왔다.

콰아아앙!

"큭!"

순간 갈천극의 몸뚱이가 뒤로 튕겼다.

평소라면 결코 막지 못할 공격이 아니었다. 단순하고 무식한 공격이었기 때문이었다. 하지만 조금 전 밟은 철질려가 그에게 틈을 만들어 버렸다.

극마쯤 되는 고수가 철질려를 밟았다고 문제가 생기지는 않는다. 하지만 지금처럼 의식하지 못한 상황이라면 다르다.

호신강기를 누가 내내 펼치고 있겠는가.

화경이나 극마쯤 되는 고수라면 생각만으로도 필요한 곳에 호신강기를 펼칠 수 있지만 의식하지 못할 때가 문제다.

장무위는 방패를 내세워 그의 공격을 막으며 잡다한 물건들을 집어던졌다. 그렇게 갈천극의 시선을 빼앗으며 물러섰고, 그 와중에 특별히 주문해 만든 철질려를 뿌려 놓았다.

이거 하나 밟았다고 치명상을 입지는 않아도, 신발을 뚫고 살갗에 닿는 순간 틈이 생겨 버리는 것이다. 몸도 마음도.

짧다 해도 그 틈은 단순무식한 공격이 먹힐 정도의 틈이다. 물론 장무위쯤 되는 경지의 고수에게는 말이다.

콰드드득!

두어 걸음 물러섰다가 발을 땅에 박아 넣었지만 그대로 길게 고랑을 파며 뒤로 밀려갔다. 갈천극의 시선이 위로 향했다.

"원대로 두들겨 주마!"

장무위가 방패의 끝을 들고 그대로 후려쳐 왔다.

동시에 갈천극이 검을 휘둘렀다.

서걱!

"이런 약은……!"

방패는 힘없이 잘려나갔다. 장무위가 방패를 무기처럼 휘두르면서 내력을 넣지 않았던 것이다. 하지만 그게 끝이 아니었다.

방패가 잘리면서 그 단면에서 모래가루 같은 게 갈천극에게 쏟아져 나왔다.

갈천극이 소매를 흔들자 검은 가루가 확하고 밀려 나갔다. 그 순간 장무위가 들고 있던 검을 갈천극에게 집어던졌다.

쾌액!

강기가 서려 마치 빛줄기처럼 날아드는 검을 갈천극이

몸을 틀어 피했다.

"커억!"

순간 뒤쪽에서 비명이 들려왔다.

동시에 갈천극의 이빨이 빠드득하며 갈렸다.

익히 귀에 익은 음성이었다.

잠시 스친 그의 시선 속에서 가슴팍에 장무위의 검을 박고 무너지는 철령마존의 모습이 눈에 들어왔다.

이미 걸왕에게 꽤 당했지만, 원로원 고수들의 도움을 받아 어찌어찌 버텨 내고 있던 그가 허무하게 당해 버린 것이다.

극마의 고수 하나가 어이없이 목숨을 잃었지만, 그 분노의 시간은 그리 길지 않았다.

콰득!

갈천극의 눈동자에 핏발이 섰다.

그의 시선이 아래로 향했다. 정확히는 자신의 발등.

어느새 장무위가 주저앉으며 그의 발등에 칼을 박아 넣은 것이다.

'설마 이놈!'

지금까지의 전투를 보니 갑자기 가슴 한구석이 서늘해졌다.

기습을 통해 공격을 개시한 이후 이어진 모든 행동.

방패를 앞세운 것도 자신의 시선을 위로 끌기 위한 행동이었으며, 철질려를 깔아 놓은 것 역시 그다음 자신이 방패를 자르게 하기 위한 포석이었다.

그 약간의 흥분감이 없었다면 자르지 않았을 것이 분명했다. 게다가 강기를 담아 무기를 집어 던진 행위.

그 역시 갈천극을 노린 행위가 아니었다.

뒤에 있던 철령마존의 목숨을 빼앗음으로써 또 하나의 빈틈이 생기도록 한 것이다.

그 결과 발등이 꿰뚫리는 손해를 입었다.

'놈은 전투 자체가 허초다!'

순간 머릿속이 차가워졌다.

무공에 허와 실이 담긴 것이 아니다. 그의 행동 자체, 전투라는 행위 자체에 허와 실이 들어간 것임을 그제야 알아차렸다.

그간 겪어 보지 못한 행위다.

당연했다.

이건 장무위가 병졸로 살아남으며 쌓아 온 그만의 방식이었으니까. 병졸들의 무술 실력이라 해 봐야 뭐가 있겠는가.

단순 정확.

그게 다다. 뭔가 무공처럼 초식이 있어 허와 실을 나누거나 강과 유를 이용하는 등의 복잡함이란 전혀 없는 무술.

그런 것을 가지고 병사들은 살아남는다. 상대의 시선을 빼앗고 또 자신을 보호하며. 행위 자체에 녹아들어 있는 것이다.

즉, 무공으로서의 초식이 아닌 행동으로서의 초식인 셈이다.

태앵!

갈천극이 내력으로 발을 보호하며 옆으로 쭉 밀어내자 검날이 그대로 부러져 나갔다.

하지만 그 사이 장무위는 칼이 꽂힌 발이 아닌 축이 되고 있는 발의 무릎 뒤, 즉 오금을 잡아가고 있었다.

이 동작을 보며 확신했다. 이 역시 노림수였음을 말이다. 오금을 잡으며 장무위가 어깨로 그의 복부를 밀어쳤다.

덜컥! 쾅!

"크압!"

자세가 무너진 채 장무위에게 하체를 잡혀 밀려 날아가던 갈천극이 그대로 좌수를 들어 눈에 보이는 등판을 후려쳤다.

태앵!

"갑주?"

장력에 찢어진 옷가지 사이로 갑주가 눈에 들어왔다. 그 역시 강기가 둘려 있었다.

맨몸으로 공격을 받는 것보다 병기나 방어구를 두르고 공격을 받는 게 더 낫다. 강기를 두르더라도 말이다. 그게 아니라면 굳이 누가 병기를 들겠는가.

이는 화경의 고수라 해도 비슷했다. 하지만 이 역시 일반적으로는 잘 하지 않는 짓이다. 비효율적이기 때문이다. 익숙하지 않으니까.

몸에 가진 게 많을수록 집중하기가 어렵다.

또 평생 검이나 성명병기를 휘두르며 살아온 이들은 이런 식으로 병기를 다루는 것에 특히나 익숙지가 않다.

그렇기에 하지 않는다.

그런데 장무위는 하고 있었다. 익숙한 듯.

콰콰콰쾅!

갈천극이 등으로 떨어지자 땅거죽이 퍽퍽 파이며 밀려갔다.

"노오옴!"

갈천극이 검을 휘둘러 장무위의 목을 노렸다. 하지만 장무위의 손이 한발 빠르게 검을 든 그의 손목을 잡았다.

터억!

동시에 장무위가 다리를 뻗어 그의 팔꿈치 밑을 받치며 갈천극의 팔을 잡아 내리쳤다.

까득!

"크!"

팔꿈치 관절이 역으로 꺾이며 그 충격이 전신에 울려왔다. 그러자 검을 잡은 손아귀에서 힘이 빠지는 것이 느껴졌다. 그러나 갈천극은 재차 손목을 돌리며 장무위의 손아귀에서 팔을 빼내었다.

우둑!

그 순간 작은 소리와 함께 갈천극의 눈이 부릅떠졌다. 손목을 빼내는 그 짧은 순간 장무위의 다른 손이 그의 새끼손가락을 비틀어 잡았기 때문이었다.

그리고 새끼손가락은 그대로 부러졌다.

딱딱하게 얼굴을 굳힌 갈천극의 시야에 비릿하게 웃고 있는 장무위의 모습이 그대로 들어왔다.

장무위가 말했다.

"어때? 개싸움. 기분 더럽지?"

정말 더러웠다. 이건 개싸움이었다.

第十章

전투의 끝이
전쟁의 끝은 아니다

"정말이지……."

걸왕이 착잡한 시선으로 갈천극을 바라보고 있었다. 당장에 쓰러트려야 할 적이지만, 그를 보는 시선 속에는 어째선지 안쓰러움이 담겨 있었다.

그런 걸왕의 주변으로 마치 맹수에게 물어뜯긴 것처럼 사지가 온전하지 못한 시신들이 그득했다. 바로 철령마존을 도와 걸왕에게 달려들었던 전마성 원로원 고수들이었다.

철령마존이 장무위의 기습에 의해 쓰러지자 걸왕이 곧바로 몰아쳐 버린 것이다. 물론 상황이 언제 어떻게 변할지 모르지만 약간의 피해는 감수했다.

그 덕에 피 칠갑을 하긴 했어도 제법 빨리 정리할 수 있었다. 하지만 지금 보니 굳이 이럴 필요 있었나 싶기도 했다.

갈천극이 말 그대로 체면을 제대로 구기고 있었기 때문이었다.

장무위에게 한 방 먹여 보지도 못하고 일방적으로 당하고 있는 꼴이었다. 물론 그래 봐야 엄청난 내상을 입은 것은 아니었지만, 전투에 지장이 있는 상처들만 입었다.

발등과 새끼손가락.

모두 보법을 밟거나 검을 쥘 때 문제가 생기는 곳들이다.

발등은 관통당했고 새끼손가락은 대충 보아도 뼈가 으스러진 듯했다. 단순 골절을 시킨 것이 아니라 잡아채면서 비튼 듯했다. 자칫 떨어져 나갈 수도 있었다.

그런데 안쓰러운 표정을 짓고 있던 걸왕의 입가에 점차 흐뭇한 미소가 걸리기 시작했다.

'나만 당한 게 아니네?'

왠지 갈천극과 동급이 된 기분이 들기 시작했다. 아무리 날고 기어봐야 장무위에게 당하는 것은 똑같다는 생각이 든 것이다.

"지금 상황이 우습소?"

"엇, 큼, 아, 아닙니다."

왠지 심기 불편한 표정의 남궁정천과는 달리, 갈천극이 당하는 모습을 보면서 뜻 모를 미소를 머금고 있던 송도진인이 그의 질문에 화들짝 놀라며 손을 내저었다.

물론 차마 하지 못할 이야기를 속에 품고서 말이다.

'선배, 저 인간에게 한번 당해 보지 않은 이는 모를 거요.'

고개를 돌려 보니 걸왕이 흐뭇하게 웃는 모습이 눈에 들어왔다. 송도진인의 입가에도 다시 미소가 걸렸다.

"아버지?"

"응?"

"굉장히 즐거워하시네요."

백경숙의 말에 백무혁이 정색을 하며 반문했다.

"내가?"

"예. 마치 '갈천극이 저렇게 당하니 결론적으로 나랑 갈천극이랑 동급이다.' 라는 생각을 하고 계신 것 같아요."

순간 백무혁의 몸이 심하게 움찔거렸다.

"내, 내가……?"

"예."

"헛, 흠. 아, 아니다."

"……."

말없이 지켜보는 백경숙의 눈초리를 견디지 못하고 백무혁은 그저 먼 산을 바라보듯 시선을 돌렸다. 그때 능천이 다가와 입을 열었다.

"조용해졌네요."

"응?"

주변을 보니 언제 그랬냐는 듯 모두 전투를 멈추고 있었다. 한 차례 주위를 둘러본 백무혁이 피식 미소를 머금으며 대답했다.

"뭐, 조무래기들이 백날 설쳐 봐야 우두머리 전투가 결판나면 끝이니까."

"그런가요."

"그런 거지, 강호의 법칙은. 다만 처음부터 우두머리끼리 싸우지 않는 이유는 상황을 유리하게 끌기 위한 포석에 지나지 않아."

백무혁의 말에 백경숙과 능천이 공감한다는 듯 고개를 끄덕였다.

그때 백무혁의 눈에 한쪽에서 지전태의 시신을 의자 삼아 엉덩이를 붙이고 있는 막우의 모습이 들어왔다.

"나름대로 대단한 놈이군."

"그러게요."

장무위의 도움이 있기는 해도 이기지 못할 전투라 여겼던 상황을 뒤집었다. 물론 청 자 배 제자 셋의 도움도 적절했지만 말이다.

갈천극과 싸우는 장무위를 바라보는 막우의 모습은 자신이 할 일은 다 했다는 듯 평온해 보였다.

그때 귀를 간질이는 광소성이 차츰 커져 왔다.

갈천극이었다.

"끄끄끄끄끄……."

갈천극이 새끼손가락과 발등을 보았다. 발등은 뚫렸고 새끼손가락은 으스러졌다. 검을 쥐는 손에 있어 새끼손가락은 꽤 중요한 역할을 한다.

이런 상황에서는 검을 안 쓰느니만 못했다.

갈천극이 검을 한쪽으로 던졌다.

그쯤 되는 경지면 사실 검이 없어도 강하다.

"왜, 맨손으로 하자고?"

"진작 만났으면 참 재미있었을 거 같군."

갈천극이 담담하게 대꾸하자 장무위가 픽하니 웃으며 대답했다.

"사내새끼를 보고 뭔 재미를 본다고."

"계집질은 몰려다녀야 제맛이지."

"오!"

"……."

갈천극은 장무위로부터 처음으로 호감이 담긴 눈빛을 받을 수 있었다.

"그런데 어쩌나. 싸지른 똥은 닦으면 되지만 뒈진 목숨은 되살리지 못하는데."

"피차 마찬가지로군."

목숨 값으로 따지면 이쪽이 더하다.

극마의 고수와 초절정 고수가 죽었다. 일류 턱걸이 혹은 이류에 지나지 않는 목숨과는 다르다. 물론 그전까지 더한다면 더욱 어마어마하다.

"아니지. 니들이 기어와 디진 거잖아."

"그런가? 하긴 그렇군."

갈천극이 대꾸했다. 하지만 장무위의 말은 아직 끝나지 않았다.

"그리고 공평하게 무위장과 전마성 각 세력별로 따져서, 두당 계산이 아니라 덩어리로 계산해야지. 머릿수로 계집 빼고 식순이 빼고 쌈질하는 애들은 다 죽었으니 니들도 칼 든 놈들은 다 죽어야 계산이 맞아."

장난스럽게 뱉은 말이지만 장무위의 눈빛은 서늘하기 그

지없었다. 하지만 갈천극은 어이없다는 식의 대답은 하지 않았다.

굳이 상식을 들먹거려서 통할 상대가 아니었기 때문이었다.

"하나는 살지 않았나?"

대신 막우를 턱짓으로 가리키며 말했다. 그러자 장무위가 고개를 저으며 대답했다.

"재는 옷가게 주인."

"옷가게?"

"그래. 무위장에 옷 팔러 왔다가 봉변당한 거라고 보면 된다."

"큭!"

장무위와의 대화는 왠지 재미있는 구석이 있었다. 하지만 그것은 그것. 지금의 대화가 처참하게 당한 것에 대한 분노를 가라앉힐 수는 없었다.

"자랑해도 된다. 이 갈천극에게 이따위로 망신을 준 일인으로 기억될 테니."

갈천극의 눈 주변으로 검은빛이 휘감기기 시작했다. 그리고 아까와 같은 검은 운무가 다시 몸을 휘감아 왔다.

또다시 천마행이 발동된 것이다. 그런데 아까와는 또 달랐다. 악마의 형상이 배는 커진 게 마치 진짜 악마가 세상에 강림한 듯했다.

그와 대치하고 있는 장무위도 가만있지는 않았다. 장무위 주변에 뭔가가 일렁였다. 그의 기운이 갈천극과 마찬가지로 형상화되기 시작한 것이다.

그 빛은 회색이었다.

"회색?"

남궁정천이 눈을 빛내었다.

색이 정과 마를 가르는 절대적인 조건은 아니지만, 예로부터 검정 혹은 핏빛은 정파보다는 사와 마에 많이 출현했다.

물론 걸왕은 예외다.

그런데 장무위는 회색이었다. 게다가 거기서 느껴지는 기운이 끈적하고 눅눅했다.

정종과는 거리가 아주 먼 느낌이었다.

"역시 정도는 아니었군."

남궁정천이 눈을 빛내고 있는 모습에 송도진인이 눈살을 찌푸렸다. 이런 위급한 상황에서도 저렇게 서로를 가르는 모습에 진저리가 난 것이었다.

하지만 지금은 굳이 그것을 언급할 때가 아니었다. 두 사람의 일전을 목전에 두고 있었기 때문이다.

콰앙! 쾅!

굉음과 동시에 장무위와 갈천극이 서로를 향해 달려들기 시작했다. 갈천극의 어깨에서부터 시작된 검은 운무가 뱀처럼 똬리를 틀며 손으로 뻗어 갔다.

순간 운무가 악마의 두상을 닮은 형태로 변해 장무위를 향해 쏘아졌다.

장무위는 그것을 보자마자 손을 등으로 가져갔다. 그러고는 날아오는 악마의 두상을 향해 빠르게 내리쳤다.

콰콰쾅!

폭음과 함께 악마의 두상이 흩어지고 나타난 것은 묵직해 보이는 강철 곤이었다.

"무기를……?"

"니가 맨손이랬지, 내가 맨손이랬냐!"

갈천극이 황당하다는 표정을 짓자 장무위가 득의양양하게 외치며 곤을 휘둘러 갔다.

하지만 갈천극은 아까와 달리 더는 놀랄 것도 없다는 표정으로 손을 휘둘렀다.

콰앙!

장무위가 휘두른 곤이 갈천극의 손을 두드리며 강렬한 파장을 만들어 냈다. 그 파장에 주변 가까이 있던 무인들이 내상을 입으며 피를 토했다.

"피, 피해!"

수십 장은 떨어져 있었음에도 입은 내상이 적지 않은 듯했다. 내력이 떨어지는 이들은 피를 토하며 그대로 꼬꾸라졌다.

콰콰쾅!

장무위가 연신 곤을 휘둘렀지만 갈천극은 그것을 어렵지 않게 막아 내었다. 그때 장무위가 또다시 허리춤으로 손을 가져갔다.

"언제까지 잡다하게 놀 셈이냐!"

갈천극이 노성을 터트리는 순간 장무위가 허리춤에서 빼낸 호리병을 입에 가져갔다. 그러고는 그대로 입에 부었다.

"이!"

갈천극의 말이 끝나기도 전에 장무위가 입에 머금은 것을 뿌려 내었다.

푸와아악!

그와 동시에 검은 운무가 갈천극의 온몸을 휘감았다. 독 같은 것은 갈천극을 침범할 수 없었다.

그러나 장무위가 뿌린 것은 독이 아니었다.

장무위의 손끝에서 불길이 일었다. 삼매진화였다. 그리고 그것이 입에서 뿌려내는 것에 닿는 순간 거대한 불길로 변해 갈천극을 뒤덮었다.

푸화아아악!

저자의 삼류 놀이패들이나 보이는 불 뿜기 묘기였다.

화르르륵!

갈천극의 온몸이 불길에 휩싸였지만 그뿐이었다.

불길이 사라지고 나타난 갈천극의 온몸은 그을음 하나 없이 멀쩡했다. 그러나 허리를 붙들며 달려든 장무위의 돌격은 그대로 몸으로 받아내야만 했다.

콰아앙!

내장이 흔들리는 충격에 갈천극은 미간을 찌푸렸다.

'또!'

콰콰콰쾅!

또다시 장무위와 갈천극이 한데 엉켜 땅거죽을 뒤집으며 미끄러졌다.

"어떻게 저런 게 먹히지?"

"허초도 아니고……."

장무위와 갈천극이 겨루는 광경을 보던 청운과 청수가 멍한 표정으로 말을 주고받았다. 그러자 그들 앞에 있던 걸왕이 퉁명스럽게 대답했다.

"저게 전부 허초나 환검 등의 초식이 섞인 것이나 마찬가지다.”

“네에?”

“쯧, 허초란 게 꼭 병기로만 해야 하는 줄 알아? 주변 지형, 하물며 돌멩이 하나일지라도 가지고 있는 모든 것을 동원하면 허초고 변식이다.”

“그건 저자의 낭인들이나 쓰는…….”

들어 보니 삼류 낭인들이나 굴러먹을 때 써먹는 방법이다. 그러자 걸왕도 별다른 이견이 없다는 듯 고개를 끄덕였다.

“맞지.”

“그런 수법이…….”

“쓰는 인간이 삼류 낭인이 아니니까. 그리고…….”

걸왕은 무어라 한마디 더 하려다가 입을 다물었다. 다만 속으로만 말할 뿐.

‘그런 수법을 우리 같은 고수들은 겪어 본 경험이 거의 없으니 더욱 까다로운 것이고.’

다른 세상의 강자들이 만난 것이나 마찬가지다.

그때 걸왕이 문득 이상한 생각이 들어 고개를 돌려 뒤를 보았다.

그곳에는 청수, 청운, 청풍 세 사형제만이 아니라 조금 전까지 지전태를 의자 삼아 깔고 앉아 있던 막우까지 함께

옹기종기 모여 있었다.

"니들은 왜 여기 있냐."

"구경하기에는 여기가 가장 안전한 듯해서요."

"……."

"헤헤헤!"

걸왕이 인상을 팍 구기며 다시 전투를 바라보았다.

'무위장 갔던 놈들은 모두 정신머리가 이상해진 거 같아.'

한숨이 흘러나왔다. 그때 그의 눈이 부릅떠졌다. 허리를 잡힌 갈천극이 장무위의 머리를 잡고 박치기를 시도했기 때문이었다. 그 역시 이 개싸움에 동참하기로 마음먹은 모양이었다.

몸이 엉켜 붙어 있던 갈천극이 장무위의 머리끄덩이를 잡으며 머리를 받아 갔다. 그 순간 장무위의 안면을 향해 가던 갈천극의 이마가 비틀리며 타점이 벗어났다.

콰앙!

갈천극의 이마는 장무위의 콧잔등 대신 광대뼈를 후려쳤다.

"크윽!"

하지만 비명은 오히려 갈천극에게서 나왔다.

갈천극은 자기도 모르게 자신의 오른쪽 귀를 만졌다. 끈적한 피가 만져졌다. 귀는 없었다.

"오, 식겁했네."

광대뼈를 맞은 충격에 고개를 쳐들었던 장무위가 한 손을 들어 보였다. 그 손에는 피투성이가 된 살점 하나가 들려 있었다.

갈천극의 귀였다.

짧은 순간 장무위가 갈천극의 귀때기를 잡아 밀었던 것이다.

갈천극이 박치기를 하는 힘을 못 이긴 귀가 떨어져 나가며 고개가 틀어진 결과, 원했던 안면이 아닌 장무위의 광대를 받은 것이다.

"크아악!"

갈천극이 장무위의 상체가 떨어진 틈을 타 손 갈퀴에 내력을 담아 휘둘렀다. 파공성과 함께 강기를 담은 손가락이 장무위의 앞섶을 훑었다.

콰드득!

뭔가가 뜯겨 나가는 소리가 울려왔다.

장무위의 옷 안에 받쳐 입은 갑주였다. 이어 갈천극이 반대쪽 손을 세우더니 갑주가 뜯겨 나간 가슴팍을 향해 찔러갔다.

여전히 장무위는 갈천극을 타고 앉은 형세. 하지만 장무위도 가만히 있지는 않았다.

장무위의 주먹이 섬전같이 갈천극의 안면을 향해 내리쳐졌다. 그 공격을 갈천극이 고개를 틀며 피했다. 아니, 피하는 순간 장무위의 주먹이 회수되어 왔다.

으득!

불쾌한 소리가 울려오며 동시에 갈천극이 장무위의 가슴팍을 향해 내질렀던 수도가 빗나갔다.

갈천극의 고개가 피했던 반대쪽으로 돌아가 있었다. 불같이 노한 눈으로 천천히 장무위를 노려보는 그의 입이 찢어져 있었다.

그 분노에 찬 눈빛을 보며 장무위가 이죽거렸다.

"꼬나보다가 눈깔 빠지겠다, 야."

장무위의 손이 회수되면서 그의 손가락이 갈천극의 입옆 거죽을 잡아 뜯은 것이다.

더러운 손가락이 입 안을 들어왔다 나간 것은 문제가 아니었다. 찢어진 입을 통해 연신 피가 배어 나왔다.

하지만 계속 분노할 수 있는 상황은 아니었다.

쾅! 쾅! 쾅! 쾅!

장무위의 양 주먹이 연이어 날아왔다.

그 하나하나의 위력이 귀청을 울릴 정도였다. 올라탄 장무위가 갈천극의 머리를 향해 연달아 주먹을 날렸고, 갈천극은 상체를 이리저리 틀며 피해 내었다.

하지만 이대로 가다가는 언젠가 맞을 수밖에 없었다. 장무위가 주먹질하느라 정신이 팔린 순간 그의 하체에서 약간 힘이 빠지는 것을 느낌과 동시에 갈천극이 허리를 퉁기며 상체를 뒤틀었다.

터엉!

"엇!"

올라타고 있던 장무위의 신형이 살짝 퉁겨졌다. 하지만 이내 자신을 튕기고 몸을 비틀어 일어서려는 갈천극의 허리를 감싸며 다리를 걸었다. 그러자 두 신형이 기우뚱하더니 옆으로 처박혔다. 하지만 이번에는 갈천극 역시 당하고만 있지 않겠다는 듯 유리한 고지를 점하려 했다.

그 순간 장무위의 손가락이 아까 관통했던 갈천극의 발등을 헤집었다. 심지어 손가락에 희미한 기운이 서린 것이 강기까지 끌어 올린 모양이었다.

"크윽!"

갈천극은 이를 악물고 버티며 발을 빼내었다. 그 순간 장무위가 갈천극의 허리를 잡고 등 위로 올라탔다.

동시에 장무위의 억센 팔이 갈천극의 목을 졸라 왔다. 하지만 갈천극 역시 손을 뻗어 목이 완전히 졸리지 않도록 잡아채며 몸을 일으켰다.

마치 장무위가 갈천극의 등 뒤에 업힌 형상.

장무위의 팔 하나는 여전히 갈천극의 목을 휘감고 있었고 나머지 한 팔은 갈천극의 손아귀에 잡혀 있었다.

그때 잡힌 팔을 빼내며 장무위가 갈천극의 관자놀이를 연이어 강타했다.

퍽퍽퍽!

제대로 내력이 실리지는 않았지만 관자놀이로 오는 충격은 적지 않았다. 하지만 갈천극은 남은 한 손으로 목을 휘감은 팔을 단단히 잡아당기며 엉덩이를 퉁겼다.

부우우웅!

"우와아악!"

장무위가 비명과 함께 허공을 돌았다. 몸을 빼내려 했지만 갈천극이 단단히 쥐고 있어 그러지 못했다.

콰아앙!

커다란 폭음과 함께 먼지구름이 풀풀 피어올랐다.

장무위의 몸통이 파묻히며 땅이 푹 파였다. 갈천극은 그런 장무위의 팔 하나를 여전히 붙들고 나머지 손을 그의 머리통을 향해 내질렀다.

막기는 늦은 상황.

콰앙!

갈천극의 강기를 담은 주먹이 장무위의 머리통을 후려갈겼다.

"큭!"

순간 갈천극이 장무위의 팔을 놓치며 뒷걸음질 쳤다.

"무슨……."

갈천극이 장무위의 머리통을 두들겼던 주먹을 보며 이를 악물었다.

"빌어먹을, 머리통에 강기를 둘러?"

갈천극이 씹어뱉듯 말을 토해 내며 장무위를 바라보았다. 장무위가 일어서며 머리통을 부여잡고 몸을 비틀고 있었다.

"아우, 대갈빡 깨지는 줄 알았네!"

머리를 비비고는 있지만 그리 큰 피해를 입은 것 같지는 않았다. 갈천극의 얼굴이 굳어져 있었다. 여태 제대로 된 초식도 없이 붙어 싸우느라 화도 날 법한데 분노는커녕 오히려 냉정해진 모습이었다.

'방금 전 반탄력.'

갈천극이 다시 장무위의 머리통을 두들겼던 주먹을 바라보았다. 그때 느껴진 반탄력이 심상치 않았던 것이다.

마치 철벽을 두들긴 느낌이었다.

갈천극의 몸을 두르고 있던 검은 기운이 점차 그를 중심으로 뭉쳐 가기 시작했다. 그러자 점차 갈천극의 몸은 어둠 속으로 사라져 갔다. 그리고 남은 것은 오로지 검은 악마의 두상이었다.

그 모습을 본 걸왕이 긴장했다.

"합일……."

신검합일 등으로 알려진, 병기와 자신이 하나 된다는 경지. 그것을 화경 이상의 고수인 갈천극이 펼치고 있었다.

병기가 없으니 아마 천마행과 자신을 하나로 합일시킨 것이다. 이는 병기와의 합일 그 이상의 경지.

무공과 무공을 행하는 자의 선을 넘어서 하나가 된 것이다.

고오오오!

그 악마의 두상이 주변을 진공 상태로 만들며 장무위를 향해 쏘아져 나갔다.

"저건 피해야……."

창백하게 질린 걸왕이 주춤하며 장무위를 바라보았다. 저건 막을 만한 것이 아니었다. 단순한 내력의 고하를 떠나 경지의 차이를 압도적으로 보여 주는 것이었다.

심지어 멀리서 바라만 보는데도 피부가 떨려 왔다. 그 내력이 얼마나 강력한가에 대한 증거다.

고개를 돌려 보니 소요검선 역시 창백한 안색으로 지켜

보고 있었다.

지난 전쟁 때의 갈천극과 간격이 좁혀졌다 생각했던 것은 착각이라는 것을 알 수 있었다. 차이는 오히려 더 벌어져 상대는 괴물이 되어 있었다. 지금까지 장무위에게 당한 것이 이상할 정도였다.

하지만 걸왕의 바람과는 달리 장무위는 날아오는 갈천극을 향해 곧바로 달려 나갔다. 그 모습을 본 걸왕이 황급히 외쳤다.

"피해! 화경이 아닐지도 모른다고!"

피부가 따끔거리는 것이 저 검은 악마의 두상이 가진 내력의 크기가 어떤지 알 만했다. 하지만 장무위는 피할 생각이 없었다.

조금 전 일격을 받을 때 단전에서 시작된 내력이 그의 온몸을 휘감으며 머리까지 치솟았다. 그 순간 생각지도 못한 느낌이 온몸을 휘감았다.

'지금까지 나는 전력을 기울여 보았는가?'

이런 의문이 들었다.

그 답은 곧 나왔다.

'아니다. 난 아직 전력을 기울여 본 적이 없다.'

그는 항상 전투에서 언제나 힘을 남겨 두었다. 그의 삶에 있어 온 힘을 다하는 순간은 오직 도주하는 순간뿐이다.

그게 몸 한 자리에 남아 있었다.

그러나 지금 그 잠재된 힘이 온몸을 꿈틀거리게 하고 있었다. 그의 몸을 감싸던 회색빛 내력의 운무가 그의 몸으로 빨려 들어갔다. 마치 처음 맨몸으로 왔을 때처럼.

하지만 그 내력은 그의 온몸을 거세게 휘돌고 있었다. 동시에 뇌리로 무위장에 있던 광저와 일행들의 얼굴이 스쳐 지나갔다. 그리고 맨 마지막으로 그에게 도망치라 했던 의형 황대붕의 얼굴도.

전장에서 황대붕의 머리통이 떨어질 때도 복수는 꿈도 꾸지 못했다. 복수는 약자가 꿈꿀 수 없다는 것을 알았기에.

왜 가끔 그의 얼굴이 자꾸만 자신의 뇌리에 떠오르는지 지금은 알 것 같았다.

그의 죽음을 보며 도피하던 그 순간의 아픔. 그로 인해 봉인되어 있던 단어.

입으로는 그리 외쳤지만, 몸은 아직 따르지 않았던 그 단어가 가슴 한편에서 풀려나왔다.

바로 복수.

그것은 강자의 권한.

"크아아아아!"

장무위의 입에서 처음으로 괴성이 터져 나왔다.

그리고 그 순간 단단히 그러쥔 장무위의 주먹이 악마의 두상을 파고들었다.

화아아악!

무형의 파공음이 동심원처럼 뿌려져 나갔다.

"크윽!"

충돌과 함께 퍼져 나오는 기운에 걸왕이 양팔을 들어 올려 앞을 막았다. 하지만 그것만으로는 부족했는지 그의 신형이 그대로 뒤로 쭉 밀렸다.

그런 걸왕의 등 뒤로 누군가가 받치는 듯한 손길이 느껴졌다. 아마도 청 자 배 제자들과 막우들일 것이다.

"후우."

약 이 장여를 밀려 나간 걸왕이 한숨을 내쉬며 들어 올린 팔을 천천히 내렸다. 그리고 믿을 수 없다는 표정으로 중얼거렸다.

"밀리지 않아?"

갈천극은 눈을 부릅뜨고 있었다.

양손을 마치 호랑이의 아가리처럼 모아 내밀고 있는 그의 손바닥으로 장무위의 주먹이 틀어박혀 있었다.

까드드득!

주먹과 손바닥의 마찰음이 피부를 통해 전달되었다. 그들이 있는 곳을 중심으로 오십여 장이 동심원을 그리며 부서져 나가 있었다.

그들의 충돌이 만들어 낸 충격파로 인한 여파였다.

"찌릿하구만."

장무위가 피식 웃으며 말문을 열었다.

"네놈……."

갈천극이 이를 악물며 장무위를 바라보았다. 그 순간 장무위의 다른 쪽 주먹이 튀어나왔다. 갈천극 역시 뻗었던 손을 거두는 동시에 장무위가 질러 온 주먹을 맞받아쳤다.

쩌우웅!

또다시 내력 충돌로 말미암은 파열음과 여파가 퍼져 나갔다. 하지만 둘은 누구도 물러서지 않았다.

팽팽했다.

주먹을 맞댄 장무위가 고개를 끄덕이며 말문을 열었다.

"이거 아무리 생각해도 말이야."

"……."

갈천극의 눈썹이 꿈틀거렸다. 그러거나 말거나 장무위의 말이 이어졌다.

"내가 더 센 것 같다."

"닥쳐라!"

갈천극이 거친 음성을 토해내며 다시 주먹을 휘둘렀다. 그와 동시에 장무위 역시 반대쪽 주먹을 휘둘러 왔다.

순간 장무위의 주먹이 갈천극의 주먹을 스쳐 지나갔다. 갈천극의 눈이 부릅떠지는 순간 또다시 파열음이 울려왔다.

갈천극의 머리가 뒤흔들렸다.

쩌어엉!

갈천극의 주먹은 장무위의 오른쪽 볼에 틀어박혀 있었다. 반대로 장무위의 주먹 역시 갈천극의 오른쪽 볼에 닿아 있었다.

동시에 주고받은 형상.

하지만 그 대치는 오래가지 않았다. 갈천극이 먼저 움직인 것이다.

반대쪽 주먹이 장무위의 가슴팍을 두들겼다. 하지만 그 순간 장무위의 주먹 역시 갈천극의 가슴팍을 두들기고 있었다.

퍼어엉!

마치 거울에 비친 것처럼 같은 부위를 동시에 두들긴 형상. 갈천극이 얼굴을 굳힐 때 장무위가 입을 열었다.

"이게 다냐?"

순간 갈천극이 대답 대신 다시 주먹을 내질렀다.

초식도 변식도 없는 순수한 힘의 일격.

장무위 역시 다시 주먹을 내질렀다. 그런데 이번에는 달랐다. 처음과 똑같이 갈천극의 주먹을 자신의 주먹으로 받아쳐 온 것이다.

콰쾅!

갈천극의 미간이 꿈틀거렸다. 상황은 같은데 결과가 달라졌다. 갈천극의 팔이 살짝 구부러져 있었다. 밀린 것이다.

"놈……."

이를 악문 갈천극의 동공에 마치 우박처럼 수없이 쏟아지는 장무위의 주먹들이 비쳤다.

"으아아아아!"

갈천극의 입에서 터져 나온 분노를 담은 고함이 장무위가 뻗어 내는 주먹들과 뒤섞여 마주 날았다.

쾅! 쾅! 쾅! 쾅! 쾅!

주먹과 주먹이 맞부딪치고 장과 손날이, 그리고 다리와 다리가 눈에 보이지 않을 정도로 교차했다. 마치 누구의 몸이 강한지 끝까지 가 보자는 것처럼. 천둥과 같은 울림은 영원히 이어지지 않았다.

그 광경을 모두가 숨죽여 지켜보고 있었다.

"갈천극이……."

혈불노가 입을 떡 벌렸다.

갈천극이 본신의 힘을 온전히 발휘했을 때 얼마나 놀랐는가. 인검의 말이 과언이 아니라는 것을 알게 되었다.

힘과 힘의 대결. 속도와 속도의 대결이었다.

일반적인 절대 고수들이 보일 만한 그런 대결이 아닌 너무도 원초적인 결투였던 것이다.

그런데 그런 대결에서 갈천극이 조금씩 밀리기 시작했다.

콰콰콰콰콰!

치고받는 소리가 마치 폭포수처럼 울려왔다. 그리고 갈천극의 신형이 조금씩 뒤로 밀려 나가고 있었다. 그렇다고 그가 뒷걸음질을 치고 있는 것은 아니었다.

두 다리는 땅에 단단히 뿌리박은 고목처럼 박혀 있었다. 하지만 그 박혀 있는 두 다리가 조금씩 고랑이 파이며 뒤로 밀려가고 있었다.

명백히 힘에서 밀리기 시작했다는 의미였다.

"대체 왜 저런 무식한 짓을……."

그렇게 중얼거리던 혈불노의 입이 다물려 졌다. 그 역시 절대라 부를 수 있는 고수다. 조금 되새겨 보니 저런 상황이 될 수밖에 없게 한 장무위가 오히려 더 두려워졌다.

누군가와 겨루는 행위에서 가장 좋은 것은 나의 방식대로 싸움을 이끄는 것이다. 그런 면에서 장무위는 완벽한 그림을 만들어 내고 있었다.

그때 약간의 탄식을 담은 인검의 목소리가 흘러나왔다.

"균형이 무너지는가……."

콰직!

"큽!"

주먹이 뒤틀어진 느낌이었다. 분명 호신강기를 둘렀는데도 그 충격이 작지 않았다.

다시 온 힘을 모아 반대쪽 주먹을 내질렀다.

그의 주먹이 공기를 찢으며 날아갔다. 그때 그 주먹을 맞이한 것은 장무위의 주먹이 아니었다.

쩌어엉!

"크읏!"

우지끈!

마치 만년한철을 두들긴 것 같은 소리와 함께 갈천극의 입에서 신음이 새어 나왔고, 주먹에서는 불길한 파열음이 울려 나왔다.

"강기가……."

목에 핏발이 섰다.

주먹을 휘감고 있던 강기가 깨어지며 주먹에 균열이 생긴 것이다.

갈천극이 흔들리는 시선으로 장무위를 바라보았다. 아니, 자신의 주먹에 부딪혀 온 장무위의 머리통을 보았다.

갈천극의 주먹을 받아친 것은 바로 장무위의 이마였다.

한마디로 장무위의 대응은 박치기였다.

장무위가 눈썹을 살짝 찡그리면서도 웃으며 말했다.

"주먹보단 대가리가 더 단단하지."

"크악!"

갈천극이 대답 대신 반대쪽 팔을 휘둘렀다.

그러나 장무위는 그 팔을 잡아당기며 고개를 뒤로 당겼다.

그리고 다시 이마를 휘둘러 왔다. 그런 장무위의 공격을 갈천극이 붙잡혀 있지 않은 반대쪽 팔로 막았다.

콰직!

"크윽!"

안 그래도 조금 전 금이 간 주먹이었다.

장무위의 이마가 그 주먹을 노린 듯 다시 박아 버리자 뼈가 박살 났음을 짐작할 수 있는 아픔이 느껴졌다.

그리고 그 손마저 장무위에게 잡히는 순간 갈천극의 두

눈을 가득히 채우며 장무위의 이마가 점점 커져 왔다.

으적!

동시에 갈천극의 시야에 펼쳐진 것은 하늘이었다. 그리고 그 위로 점점이 뿌려져 나가는 피.

그 피가 마치 눈송이 휘날리듯 허공에서 춤을 추다가 갈천극의 얼굴 위로 후두둑 떨어져 내렸다.

이어서 안면에 커다란 고통이 느껴졌다.

고개를 내려 보니 장무위가 다시 머리를 뒤로 당기고 있는 모습이 눈에 들어왔다. 조금 전 왜 그가 하늘을 보고 있었는지 알 수 있었다.

장무위의 박치기를 피하지 못한 것이다.

갈천극이 내력을 끌어 올려 팔을 빼내었다. 그러나 그의 양팔을 잡은 장무위의 두 손은 마치 갈고리처럼 걸린 채 그를 놓아주지 않았다.

투투툭!

살이 파이며 핏물이 튀었다. 하지만 갈천극은 개의치 않고 팔을 뿌리쳐 갔다.

그런 그의 몸이 마치 벼락이라도 맞은 듯 움찔거렸다.

우직!

이번에는 발이다. 그것도 아까 그 발이다. 칼이 관통된 그 발등을 장무위가 밟은 것이다. 발등이 부서지는 소리가 선명하게 울려왔다.

그 순간 아픔을 참고 양팔을 빼내며 고개를 틀었다.

쿠웅!

갈천극의 입이 떡 벌어졌다.

마치 세상이 멈춘 느낌이었다. 흔들리는 세상을 응시하며 천천히 틀었던 고개를 돌렸다.

제대로 손질하지 않아 떡진 것 같은 머리카락이 눈에 들어왔다.

장무위의 머리 뒤꼭지다.

갈천극은 자신의 가슴팍, 정확히는 심장이 있는 부위를 이마로 들이 찍어 버린 장무위의 뒤통수를 바라보며 믿지 못하겠다는 표정을 짓고 있었다.

비틀.

장무위가 밟았던 발을 풀어 줬는가 보다.

갈천극이 천천히 뒷걸음질을 칠 수 있는 것을 보니 말이다.

그렇게 한 발 두 발. 서서히 뒤로 물러섰다.

그렇게 느리게 가는 시간 속에서 장무위가 천천히 머리를 들어 올리는 모습이 눈에 들어왔다.

흐트러진 머리카락 아래 붉게 피로 물든 장무위의 이마

가 먼저 나타났다. 그리고 그 아래 먹이를 노리는 늑대처럼 그를 노려보고 있는 두 개의 눈동자.

지금까지 보았던 장난스러운 또는 한량 같은 눈이 아니다.

순수한 눈동자였다.

오로지 한 가지 생각만을 담은.

다른 잡념이 아예 없는 그런 눈.

오로지 살의.

그 하나만 담고 있었다.

장무위가 천천히 달려오는 모습이 눈에 들어왔다. 아니, 천천히 달려오는 게 맞는가 싶을 정도로 느렸다. 그냥 느리게 보이는 것일지도 몰랐다.

그런 장무위가 힘껏 뛰어올랐다.

그때 느꼈다. 느리게 달린 것이 아니라 느리게 느껴질 뿐이라는 것을.

왜냐면 하늘로 뛰어오른 장무위의 몸이 천천히 올라갔다가 천천히 내려오고 있었기 때문이었다.

한 주먹은 한껏 뒤로 당기고 다른 한 손은 마치 과녁을 가리키듯 쫙 피고 있었다.

목표는 갈천극 자신이었다.

'아…….'

탄식을 쏟아 내었지만 그 탄식은 목젖을 벗어나지 못하고 안을 맴돌았다.

생각은 있지만 몸이…….

그의 생각을 따르고 있지 않다는 걸 느꼈던 것이다.

그렇게 천천히 내려온 장무위가 주먹을 뻗었다. 그 주먹이 점점 커져 와 그의 시야를 전부 가렸다.

그 주먹이 그의 미간에 닿는 순간…….

콰아앙!

시간이 다시 빠르게 흐르기 시작했다.

쿠와아앙!

장무위가 뛰어올랐다가 내려오면서 내려찍은 주먹이 갈천극의 안면 위에 그대로 틀어박혔다. 그 순간 갈천극의 상체는 내려 찍히는 장무위의 주먹에 안면이 눌린 채 그대로 땅을 파고들었고 하체는 힘없이 위로 들렸다.

마치 거꾸로 처박히기라도 한 것처럼.

그런 갈천극 위에 한쪽 무릎을 대고 꿇어앉은 장무위가 바닥에 처박힌 그에게 다시 주먹을 들어서 내리찍었다.

한 번, 두 번, 세 번, 네 번…….

피가 튀고 허연 이빨이 튀었다.

장무위의 주먹이 갈천극의 안면과 상체를 가리지 않고

부수는 행위가 이어졌고, 그에 따른 파열음이 연달아 울렸다.

다른 소리는 없었다.

오로지 장무위의 행위에 따른 소리만이 울릴 뿐이었다.

그러던 장무위가 두 손을 깍지 끼고 머리 위로 추어올렸다.

그러나 그 이후의 행동은 이어지지 않았다.

대신 아직까지 허공에 들려 있던 갈천극의 다리가 힘없이 땅바닥으로 떨어지며 뒤꿈치가 닿았을 뿐이다.

그렇게 두 주먹을 깍지 끼고 내려다보던 장무위가 천천히 손을 풀며 일어섰다.

그러고는 발끝으로 갈천극을 툭툭 건어차 보았다. 이어서 손을 털었다.

먼지 털 듯 툭툭.

그리고 몸도 툭툭.

장무위가 주변을 둘러보며 물었다.

"다음 누구냐?"

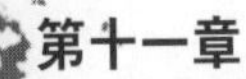

끝 그리고 시작

흔히 이런 표현을 쓴다. 숨소리조차도 들리지 않는 정적.

지금이 그랬다.

이 벌판에 수많은 인간 군상들이 있음에도 숨소리조차 나지 않고 있었다.

모두가 경악에 찬 표정을 지은 채 대답을 할 생각도 못 하고 있었다. 좌중을 한 번 쓸어 본 장무위가 다시 입을 열었다.

"더 덤빌 놈 없어?"

한쪽 눈썹을 치켜 올린 채 마치 '없으면 그냥 간다.' 라는 느낌으로 툭 던졌다.

그럼에도 답은 없었다.

장무위가 한쪽을 보며 한마디 툭 던졌다.

"넌?"

"그……."

"그러고 보니 초면은 아니네?"

"크윽!"

위지무가 얼굴을 구기며 부들부들 떨었다.

그토록 분노를 쌓아 올렸던 상대였지만, 갈천극을 상대로 보인 신위는 발끝조차 떼기 어려울 정도였다. 갈천극이 일방적으로 당하다시피 했는데 자신이 어찌 상대하겠는가.

그렇게 위지무가 파들파들 떨고 있는 가운데 곽주경이 굳은 얼굴로 갈천극을 바라보고 있었다.

약간의 기복이 느껴지는 게 아직 살아는 있는 모양이었다.

"쯧, 그러게 날 왜 건드렸어."

장무위가 건들거리며 말했다. 하지만 그의 표정은 점점 더 사나워졌다. 그리고 갈천극을 발끝으로 툭 치면서 다시 말을 이었다.

"좀 전에 애한테 말했지만, 비율로 따지자고. 우리 애들 나 빼고 다 죽었으니까, 니들도 그래야지."

전마성을 향한 말이었다.

몇몇의 얼굴은 창백해졌고, 몇몇은 분노를 표출했다. 하지만 아무도 나서지는 못했다.

장무위가 적의를 보인 이상 어떠한 형태로든 공격을 받기 전에 움직여야 했다. 그러나 지금은 장무위만이 적이 아니다.

정도맹. 바로 그들이 있었다.

그때 장무위가 고개를 확 돌리며 인상을 찌푸렸다.

"넌 뭐야?"

전장에서 떨어진 곳에 노인이 하나 서 있었다. 그의 곁에는 검 한 자루가 홀로 부유하고 있었다.

"어검……."

어검이 대단하기는 하지만 이곳에 어검을 쓸 수 있는 이들이 없지는 않았다. 소요검선 역시 어검을 쓸 수 있었고, 지금은 땅에 누워 있는 갈천극 역시 어검을 쓰자면 못 쓸 것도 없었다.

장무위는…….

"검이 그냥 떠 있네?"

신기한 표정으로 떠 있는 검을 바라보고 있었다. 검이 홀로 장무위를 향해 천천히 날아오다가 이내 빛살로 변화했다.

그 빛살이 지나오는 것으로 보이는 방향으로 공기를 찢

는 파공음과 충격파가 이어졌다.

콰콰콰콰!

"피, 피해라!"

"어억!"

정도맹이고 전마성이고 할 것 없이 그 충격파에 나동그라졌다. 몇몇은 귀를 틀어먹고 고통스러운 표정을 지었다.

그 빛살이 장무위를 향해 일직선으로 날아왔다.

"까짓것 피하지."

장무위가 옆으로 스윽 움직였다. 하지만 어검이 달리 어검이겠는가?

장무위가 이동한 만큼 방향을 틀어 날아왔다.

"응?"

장무위가 신기하다는 표정을 지을 때 귓가에 소요검선의 전음이 울려왔다.

[어검술이네. 자네를 따라다닐 거야.]

"저게 어검술이구나."

피식하고 웃음을 머금은 장무위가 움직임을 멈추었다.

그런 그를 향해 어검이 들이닥쳤다.

콰콰콰우웅!

어검이 장무위에게 들이닥치는 순간, 폭음과 함께 그가 있던 자리에 먼지 구름이 피어올랐다.

그때 그 먼지 구름 사이에서 커다란 타격음이 울려왔다.

떠엉! 콰콰콰쾅!

타격음과 동시에 검은 인형 하나가 튕겨 나와 땅바닥을 굴렀다. 먼지 구름이 걷히자 드러난 것은 인상을 구기고 있는 장무위의 모습이었다.

"뭐냐, 넌."

장무위의 시선이 조금 전 튕겨 나간 인형을 향하고 있었다.

튕겨 나갔던 이는 어느새 자리에서 일어서고 있었다. 하지만 한쪽 볼따구가 벌겋게 부은 것이 장무위에게 맞은 부위가 그곳임을 알 수 있었다.

"빌어먹을. 꼴사납군."

혈불노였다. 하지만 말과는 다르게 잔뜩 긴장한 표정이었다. 혈불노의 시선은 장무위, 정확히는 장무위의 오른손을 향하고 있었다. 백색의 단아한 검이 장무위의 손에 쥐여 있었다.

'어검을 잡아?'

경악했지만 내심으로 감추며 장무위를 노려보았다. 그때 장무위가 다시 고개를 돌렸다.

"쯧."

장무위가 시선을 돌린 쪽에는 커다란 구덩이가 파여 있

었다. 조금 전 갈천극이 있던 자리였다. 하지만 지금 그곳은 비어 있었다.

장무위의 시선이 다시 허공으로 향했다.

그곳에는 점점 멀어져 가는 이가 있었다. 그의 옆구리에는 갈천극이 축 늘어진 채 달려 있었다. 이 기습을 통해 갈천극을 빼낸 것이다.

"어검술은 처음 봤으니 모르고……."

장무위가 중얼거리며 손바닥을 끌어 올렸다. 그와 동시에 그의 반경 십 장 안에 있는 병기들이 허공으로 떠올랐다. 그 수가 거의 백여 개에 달했다.

"아자! 허공섭물!"

말과 동시에 장무위의 손이 뻗어지자 백여 개에 달하는 병장기들이 빛으로 변해 도주 중인 적을 향해 날아갔다.

"이런 미친……."

혈불노가 경악한 외침을 터트렸다.

이건 말이 허공섭물이지 그야말로 무지막지한 짓이었다. 하지만 그만큼 위력적이었다.

그러나 혈불노의 외침은 끝까지 이어지지 않았다. 광풍이 몰아닥쳤기 때문이었다.

콰직!

"커억!"

혈불노가 양손을 모아 막았지만, 상관없다는 듯 장무위의 다리가 그 위를 두들겼다.

그 충격에 혈불노가 길게 날아가며 신음을 흘렸다. 하지만 혈불노는 다시 자세를 잡는 대신 그 힘을 이용해 도주를 시작했다.

"허?"

그 모습을 보고 장무위가 혀를 찼다. 그러고는 반사적으로 자신에게 어검을 날린 이가 있던 곳을 바라보았다.

그곳에는 아무도 없었다. 하지만 그가 어디로 갔는지는 어렵지 않게 알 수 있었다.

촤촤촤창!

장무위가 허공섭물을 응용해 날려 보낸 병장기가 거대한 막에 튕겨 나가고 있었다.

어검을 보낸 이가 끼어든 것이다. 하지만 그도 장무위가 날려 보낸 병기들을 막아 내고 다시 몸을 빼내고 있었다.

"……에이, 씨."

따라나서려 했던 장무위가 자세를 풀며 욕설을 내뱉었다. 이미 늦었다는 것을 직감했기 때문이었다.

고개를 돌려보니 위지무도 없었다.

그때 곽주경이 검을 들어 올리며 외쳤다.

"끝까지 항전하라!"

그것이 신호가 되어 전투는 다시 이어졌다. 하지만 이후의 전투는 그야말로 일방적이었다. 오랜 시간이 걸릴 것도 없었다. 반 시진이 채 지나기 전에 끝나 버렸다.

정도맹의 압승이었다.

"엄청난 놈."

백무혁이 딱 한마디로 장무위를 표현했다. 다른 수식은 필요 없었다. 그때 백경숙이 걱정 어린 표정으로 물었다.

"그런데 조금 전 그들은 누구일까요."

그러자 백무혁의 표정 역시 굳어졌다.

"으음."

전장에 난입한 이는 총 세 명이었다. 하지만 그 하나하나가 그보다 못하다는 생각이 들지는 않았다.

특히 어검을 날린 이.

어검을 날리기 전에 존재감을 드러내는 그 순간 백무혁은 온몸이 조여 오는 것을 느꼈다. 갈천극의 아래가 아니었다.

"분명 혈불노 같았는데……."

스치듯 보았지만 장무위에게 달려든 이는 아무리 보아도 혈불노와 같았다. 그 역시 극마의 경지에 오른 듯이 보였다. 따지자면 전대 고수라 불릴 이었다.

그런 이를 부린다?

아무리 생각해도 전마성은 아니었다.

뭔가 더 복잡해지는 느낌이었다. 그때 정도맹의 수뇌부가 장무위를 향해 천천히 다가왔다.

송도진인이 밝은 얼굴로 다가와 포권을 했다.

"도움에 감사드립니다."

"도움은 무슨. 내 일 해결한 거다."

"하하하."

그때 남궁정천이 굳은 안색으로 다가와 입을 열었다. 포권은 없었다.

"남궁가의 정천이라 하외다."

"무위장의 장무위요."

"알고 있소."

장무위의 말에 남궁정천이 굳은 얼굴로 대꾸했다. 그러자 장무위의 고개가 삐딱하게 비틀어지며 입이 열렸다.

"난 몰랐는데."

"……."

난 네 이름도 안 들어 봤다는 말과 같았다. 남궁정천의 탐탁지 않은 대꾸에 장무위 역시 삐딱하게 나간 것이다. 그쯤 되자 송도진인이 긴장된 표정으로 나서려 했다. 하지만 소요검선이 먼저 나서며 말했다.

"내 친우일세."

"알고 있네."

"……."

사람 좋던 소요검선의 얼굴이 살짝 굳었다. 같은 연배의 남궁정천과 소요검선 사이에는 벽이 있었다. 명문세가와 그저 그런 중소세가의 차이.

비록 화경의 고수가 없다 해도 명문은 명문이었다. 괜히 수백 년 이상을 내려오는 것이 아니었다. 또 지금은 없지만 언젠가는 또다시 강호를 호령하는 절대 고수가 태어날 수 있는 곳이 바로 명문세가다. 바로 지금 남궁정천이 늘그막에나마 화경의 경지에 오른 것처럼.

반대로 소요검선과 같은 경우는 사실 이례적인 경우이다. 물론 후학양성에 많은 노력을 기울이겠지만, 보통은 절대 고수가 물러난 뒤 이삼 대에 걸쳐 다시 원점으로 돌아가기 마련이었다.

그게 명문대파와 중소문파 간의 차이였다.

지금까지야 말을 아꼈지만 남궁정천이 화경의 경지에 오르고 나서는 또 달랐다. 굳이 밀릴 이유는 없는 것이다. 게다가 남궁가의 현 가주 역시 화경의 경지에 오르리라 보는 이들이 많았다.

어쩌면 남궁정천이 뒤늦게 화경의 경지에 오른 것이 이례적이라면 이례적인 것이다.

"할 말 없으면 난 간다. 집을 오래 비웠거든."

그때 장무위의 발길을 잡는 목소리가 들려왔다.

"이곳은 정도맹과 전마성의 전장이네."

"그래서?"

남궁정천의 하대에 장무위 역시 반말로 응대했다.

그게 장무위다.

"그대의 거취가 분명해야 할 것 같네."

"거취? 무슨 거취?"

"갈천극을 처리했다 하여 강호를 다 가진 자처럼 굴지 말란 말이네. 내가 봤을 때 자네는 정도도 마도도 흑도도 사도도 아니야. 색깔을 분명히 하란 말이네."

처신을 똑바로 하라는 의미. 하나 그것을 길게 늘어트리며 말을 이었다.

몇몇 인사들이 약간 불만 섞인 표정으로 응시하고 있었다.

장무위가 갈천극을 꺾어 전쟁이 일찍 마무리된 것은 나쁘지 않았지만, 결정적으로 지금까지 그들이 만들어 놓은 판에 숟가락만 얹은 것 아닌가.

물론 이 판 역시 따지고 보면 전마성이 끌어들인 판이었지만, 결과적으로는 정도맹이 차린 밥상에 장무위가 숟가락을 올린 꼴이 되었다.

게다가 의도했든 의도치 않았든 간에 결과적으로 갈천극을 놓친 것은 장무위였다.

"내 색깔이 왜 궁금한데?"

"결과적으로 갈천극을 놓쳤으니까."

장무위의 눈썹이 꿈틀거렸다.

"그게 어찌……!"

"개방의 의사가 아니면 가만히 있게."

걸왕이 끼어들려 하자 남궁정천이 말을 잘랐다. 걸왕이 볼을 푸들푸들 떨다가 가래를 카악 하고 모아 뱉었다.

"니미."

하지만 남궁정천은 걸왕을 바라보지 않고 오로지 장무위를 응시했다.

시선이 모이는 것을 느낀 장무위가 피식 웃으며 말했다.

"너들이 백이지? 백도? 그리고 흑도, 사도, 마도가 까만색이고."

"……."

남궁정천은 장무위의 말에 아무런 대꾸도 하지 않고 그를 응시하고 있었다. 마치 대답을 기다리는 것처럼.

장무위가 그런 남궁정천의 눈을 마주 보며 입을 열었다.

"난……."

살짝 말끝을 흐린 장무위의 입가가 주욱 올라갔다. 그리고 잠시 흐려졌던 말이 이어졌다.

"회색이야."

"장난치는 것이라면……."

"사람이 말하면 닥치고 듣는 법 좀 배워라. 남궁가가 명가라며? 니네 동네는 그리 가르치디?"

순간 남궁정천의 눈가에 살기가 돌았다. 하지만 그 살기는 잠깐이었다. 끈적하고 눅눅한 장무위 특유의 살기가 주변을 휘감았기 때문이었다.

"아까 나오지 그랬어. 내가 물어봤잖아. 더 덤빌 놈 없냐고."

걸어 오는 싸움 따위 사양하지 않겠다는 표정. 그러자 남궁정천이 이를 악물었다.

"이런 버르장머리 없는 놈!"

순간 내상을 겨우 추스르고 다가온 황보웅이 벌게진 얼굴로 목소리를 내었다.

그러자 장무위가 슬쩍 보면서 말했다.

"죽을래?"

"뭐, 뭣!"

"뭣 하는 겐가! 내 친우라 했다!"

노한 얼굴의 소요검선이 일갈을 터트리자 뭔가 더 말을 하려던 황보웅을 남궁정천이 제지했다.

"가만있게."

"그…… 죄송합니다."

어느새 소요검선이 장무위의 곁에 섰다. 무언의 압박이었다. 그리고 걸왕 역시 반대편에 와서 섰다. 귀를 파는 등 딴짓을 하는 척했지만 명백한 입장표명이었다.

장무위가 피식 웃으며 말문을 열었다.

"다시 말하지. 나 회색이야. 그런데 그거 알아?"

"……."

남궁전천으로부터 대답은 없었다. 하지만 장무위는 개의치 않고 대답을 이었다.

"회색은 말이지, 조금 검어져도 회색이라 부르고 아무리 밝아져도 회색이라 부른단 말이지."

장무위가 주변을 둘러싸고 있는 인간 군상을 바라보며 다시 입을 열었다.

"난 가만히 있을 뿐이야. 이 회색에 어떤 색이 더해지는가는 니들이 어떻게 하느냐에 달린 거지."

그리고 다시 장무위의 시선이 남궁정천에게로 돌아왔다.

"부탁하자."

물론 부탁을 입에 거는 자의 눈빛치고는 너무도 뜨겁게

이글거렸다.

"내게 덧칠을 하지 마."

그 말을 마지막으로 천천히 등을 돌렸다. 그리고 걸음을 옮기며 중얼거렸다.

"그놈의 색깔 타령은 예나 지금이나……."

그 뒤를 따라 소요검선과 걸왕이 걸음을 옮겼다. 그리고 막우와…… 청 자 배 제자들 역시.

그렇게 그 날의 전투는 끝이 났다.

하지만 걸음을 옮기는 장무위의 시선은 갈천극과 불청객들이 사라져 간 방향을 따라가고 있었다.

"젠장. 죽였어야 했는데."

아쉬움이 가득한 목소리.

그리고 또 다른 전쟁을 예감하는 목소리였다.

〈무위투쟁록 完〉

DREAMBOOKS★

DREAMBOOKS★

DREAMBOOKS